CUADERNO DE ACTIVIDADES Y MANUAL DE LABORATORIO

Interacciones

Fifth Edition

Emily Spinelli
University of Michigan-Dearborn

Carmen García
Arizona State University

Carol E. Galvin Flood
Bloomfield Hills (Michigan) Schools

THOMSON
HEINLE

Australia Canada Mexico Singapore Spain United Kingdom United States

THOMSON
HEINLE

Interacciones, Fifth Edition, Cuaderno
Spinelli, García, Galvin Flood

Acquisitions Editor: *Helen Richardson*
Development Editor: *Heather Bradley*
Production Project Manager: *Annette Pagliaro*
Marketing Manager: *Lindsey Richardson*
Manufacturing Manager: *Marcia Locke*
Compositor: *Pre-Press Company, Inc.*
Production Service: *Pre-Press Company, Inc.*
Cover Designer: *Diane Levy*
Printer: *Darby Printing Company*

Printed in the United States of America
1 2 3 4 5 6 7 — 08 07 06 05

For more information contact Thomson Heinle, 25 Thomson Place, Boston, MA 02210 USA, or you can visit our Internet site at http://www.thomson.com

ISBN: 1-4130-0868-2

Contents

Preface

The ***Cuaderno de actividades y Manual de laboratorio*** is an integral part of the ***Interacciones*** program. Both the workbook and the laboratory manual provide exercises that parallel the sections of the student textbook as well as additional sections for skill development and improvement of accuracy.

The ***Cuaderno de actividades*** is designed to develop the writing skill. To that end, there are exercises and activities for three types of writing. The mechanical exercises or drills teach spelling and the formation of verb forms and tenses, adjective and noun endings as well as word order and syntax. There are numerous exercises and activities that simulate writing tasks performed by native speakers. Filling out forms, writing e-mail messages, notes and letters, composing ads and brochures, taking messages, and making lists are a few of the activities that would be performed by persons living, traveling, or working in the target culture. Lastly, there are exercises that prepare students for writing for academic purposes. Combined with the writing strategies and composition topics of the student textbook, the workbook exercises and activities provide a well-rounded and varied writing component.

Every two-chapter unit in the student textbook begins with a section entitled *Bienvenidos*, which presents geographical and cultural background knowledge pertaining to the Hispanic region covered within the next two chapters. Students practice using this information in the ***Cuaderno de actividades***. Each chapter of the ***Cuaderno de actividades*** is divided into three sections: *Primera situación, Segunda situación,* and *Expansión de vocabulario*. The first two sections provide written practice for the vocabulary, functional phrases, and grammar taught in the student textbook. The *Expansión de vocabulario* consists of two parts: *Dudas de vocabulario* and *Ampliación*. The *Dudas de vocabulario* section provides definitions and examples of vocabulary items that are similar in meaning or spelling and cause particular problems for students. The words chosen are related to the overall chapter situation or topic. Contextualized cloze exercises provide practice with these vocabulary items. The *Ampliación* section consists of a strategy and exercises devoted to the acquisition of new vocabulary. Information on cognate recognition, prefixes and suffixes, word families, and word building is presented to help students guess the meaning of vocabulary items never before seen and to increase their vocabulary for written production. Exercises for learning the material follow each strategy.

The ***Manual de laboratorio*** and its accompanying audio CD program are designed to develop the listening skill and improve pronunciation and accuracy in speaking. Each chapter is divided into a *Primera situación* and *Segunda situación* with exercises that practice the vocabulary, functional phrases, and grammar of the corresponding textbook chapter and *situación*. Both listening and speaking exercises are provided. Tracking numbers that correlate with the audio CD are included with each chapter.

The many listening passages of the ***Manual de laboratorio*** contain authentic language and are based on the material taught in the textbook chapter. Students carry out listening tasks similar to those performed by native speakers in a variety of passages: telephone conversations, weather reports, commercials, public announcements such as those heard in stores, airports, and train stations, and so on. Exercises to check comprehension follow.

Each chapter of the textbook includes a listening strategy that provides the student with techniques to help improve listening comprehension in the target language. These strategies are practiced in the student textbook and reinforced in the ***Manual de laboratorio*** through listening exercises based on monologues, dialogues, or narratives. A section on pronunciation is also provided in each *situación*. Explanation and practice of the production of individual Spanish sounds as well as intonation and accentuation are given.

A separate ancillary containing the audioscript for the ***Manual de laboratorio*** as well as the answer keys for the exercises of the ***Cuaderno de actividades*** and the ***Manual de laboratorio*** is available to instructors upon adoption of the ***Interacciones*** program.

E. S.
C. G.
C. G. F.

Cuaderno de actividades

To the student

The following suggestions will help you use the ***Cuaderno de actividades*** y ***Manual de laboratorio*** most effectively.

Cuaderno de actividades

1. In order to write effectively, you must have a good vocabulary base. It is not enough just to be able to recognize vocabulary items when you see or read them. You must know the vocabulary for each chapter so that you can recall and write the words.
2. Complete the *Primera situación* in your ***Cuaderno de actividades*** after completing the corresponding *situación* in your student textbook. Then, complete the *Segunda situación* after completing that *situación* in your textbook.
3. The *Expansión de vocabulario* can be done at any point after completing the *Primera situación* and *Segunda situación.* This section will provide you with vocabulary help for completing the readings, compositions, and activities in the *Tercera situación* of each chapter in your student textbook and is best done prior to completing that *Tercera situación.*
4. Writing frequently for short periods of time is the ideal way to improve the writing skill. Likewise, completing the writing exercises in the workbook soon after doing the speaking exercises in your textbook is the ideal way to reinforce the expressions and grammar taught.

Manual de laboratorio

1. Be patient with yourself as you acquire proficiency in listening comprehension. Time and practice are essential to developing your ability to understand spoken Spanish.
2. Know the vocabulary thoroughly. Trying to complete the listening exercises without first mastering the vocabulary is a waste of time. For this reason, complete the *Primera situación* in your ***Manual de laboratorio*** after completing the corresponding *situación* in your student textbook. Complete the *Segunda situación* after completing that *situación* in your textbook.
3. Practice listening selectively. Do not try to understand every word you hear. At first, focus on the main idea. As your listening skill improves, you will understand more details that you will be able to associate with the main idea.
4. Be alert and ready to concentrate on what is being said in each exercise. Any distraction will hurt your ability to comprehend. Listen to the exercise several times if necessary.

Nombre ______________________________ Fecha ______________

Capítulo preliminar

Un autorretrato

CP-1 Un autorretrato. Para trabajar en la Compañía Excélsior, los trabajadores necesitan describirse a sí mismos. Escriba un autorretrato para las tres personas del siguiente dibujo. Incluya información sobre sus pasatiempos favoritos.

El señor Galván

La señorita Hernández

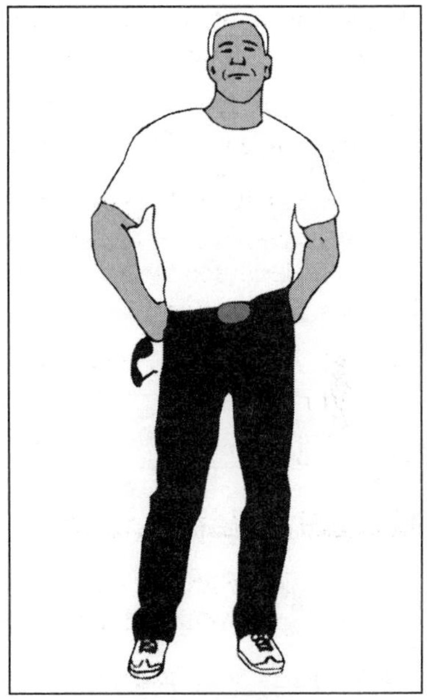

El señor Ruiz

El Sr. Galván ______________________________

____

____

____

La Srta. Hernández ______________________________

____

____

____

El Sr. Ruiz ____

____

____

____

CP-2 Un(-a) estudiante de intercambio. Ud. es un(-a) estudiante de intercambio *(exchange)* en Madrid. Antes de recibir su carnet estudiantil, Ud. tiene que llenar *(to fill out)* el siguiente formulario para la universidad.

Apellido(s) ____________________ Nombre(s) ____________________

Dirección ____

Ciudad ____________________ Estado ____________________

Teléfono ____

Lugar de nacimiento ____

Nacionalidad ____

Fecha de nacimiento ____________________ Edad ____________________

Estado civil ____

Profesión ____

Descripción física ____

Talla ____

Ojos ____

Pelo ____

Especialización ____

Pasatiempos favoritos ____

CP-3 La primera fiesta. Es su primera fiesta en la Universidad de Madrid. Ud. decide hablar con Álvaro, otro estudiante nuevo. Complete esta conversación con las frases o preguntas necesarias.

1. USTED: Me llamo (su nombre).

   ¿ ____ ?

   ÁLVARO: Soy Álvaro Guzmán.

2. USTED: ¿ ____ ?

   ÁLVARO: Soy de Ávila.

3. USTED: ______________________________, ¿dónde está Ávila?

ÁLVARO: Es una ciudad cerca de aquí.

4. USTED: ¿______________________________?

ÁLVARO: Estudio ingeniería.

USTED: ¡Qué bien! Yo estudio ______________________________.

5. USTED: ¿______________________________?

ÁLVARO: En un apartamento cerca de la universidad.

6. USTED: ¿______________________________?

ÁLVARO: Me gusta ir al cine y también juego mucho al tenis. ¿Y tú?

USTED: ______________________________

____

____

CP-4 Unos números.

Escriba los siguientes números en español usando la forma de una sola palabra cuando sea posible.

Modelo 18
dieciocho

1. 9 ______________
2. 14 ______________
3. 7 ______________
4. 12 ______________
5. 20 ______________
6. 18 ______________
7. 22 ______________
8. 36 ______________
9. 23 ______________
10. 46 ______________
11. 75 ______________
12. 61 ______________

CP-5 El inventario.

Ud. trabaja en la residencia para estudiantes de intercambio en la Universidad de Madrid. Ud. tiene que preparar el inventario *(inventory)* para el fin del año. Escriba el número de artículos en los espacios dados.

1. 14 ______________________________ camas
2. 81 ______________________________ escritorios
3. 173 ______________________________ sillas
4. 68 ______________________________ alfombras
5. 26 ______________________________ teléfonos
6. 121 ______________________________ almohadas

CP-6 ¿Qué hora es? Ud. trabaja en una estación de televisión que siempre anuncia la hora en forma escrita. Ud. tiene que programar la computadora para que dé las horas. Escriba las siguientes horas en español.

1. 3:20 A.M. ______
2. 10:45 P.M. ______
3. 4:30 P.M. ______
4. 1:05 A.M. ______
5. 8:23 P.M. ______

CP-7 Verbos regulares. Usando los infinitivos dados, escriba la forma del tiempo presente que corresponde a cada sujeto.

Modelo llegar: él
él llega

LLEGAR

tú llegas
yo llego
Felipe y yo llegamos
Ud. llega
ellas llegan
el profesor llega

COMPRENDER

Enrique comprende
Uds. comprenden
yo comprendo
nosotras comprendemos
Carlota y Francisco comprendemos
tú comprendes

VIVIR

tú vives
los estudiantes ~~[illegible]~~ viven
la Sra. Ruiz vive
tú y yo vivimos
yo vivo
él vive

CP-8 Unos pasatiempos. Explique a qué hora las siguientes personas hacen varias cosas.

Modelo Mariana / tocar el piano / 9:00
Mariana toca el piano a las nueve.

1. Anita y Jorge / comer en el café / 12:30

______

Nombre ____________________ Fecha ____________

2. tú / escribir cartas / 1:00

____

3. Miguel y yo / charlar / 3:00

____

4. yo / leer el periódico / 7:30

____

5. Uds. / bailar en la discoteca / 10:00

____

6. Gloria / regresar a casa / 11:15

____

CP-9 Mis pasatiempos favoritos. Julio(-a) Villarreal, un(-a) amigo(-a) suyo(-a), vive en Lima, Perú. Escríbale una carta de 9 a 10 oraciones explicándole sus pasatiempos y cuándo los hace. Incluya por lo menos los siguientes verbos.

asistir	**celebrar**	**leer**	**participar**
bailar	**charlar**	**mirar**	**viajar**

____________________:

____

____

____

____

____

____

____

____

____

____

____

____________________,

A recordar

Review the following situations and tasks that have been presented and practiced in this chapter.

- Describe yourself and others.
- Find out basic information about others.
- Provide basic information about yourself.
- Count from 0–100; provide addresses, telephone numbers, ages.
- Give the time of day; explain at what time activities take place.
- Address other people in the Spanish-speaking world.

EXPANSIÓN DE VOCABULARIO

AMPLIACIÓN

The suffix *-dad*

This section is designed to help you expand your vocabulary through knowledge of common Spanish prefixes and suffixes. It will help you learn to identify cognates when reading and listening as well as increase the vocabulary you need to speak and write effectively.

SUFFIX	*-ty*	=	**-dad**
	university	=	**universidad**

Nouns ending in **-dad** are feminine.

Práctica

CP-10 Dé la forma inglesa de las siguientes palabras.

1. la variedad ______________________
2. la realidad ______________________
3. la sociedad ______________________
4. la responsabilidad ______________________
5. la formalidad ______________________
6. la productividad ______________________

CP-11 Dé la forma española de las siguientes palabras; incluya el artículo definido.

1. university ______________________
2. city ______________________
3. activity ______________________
4. identity ______________________

5. nationality ______________________________

6. variety ______________________________

CP-12 Complete las siguientes oraciones con una palabra que termina en ***-dad*** o ***-dades.***

1. Barcelona y Sevilla son dos ______________________ grandes e interesantes.

2. Hay muchas estudiantes en la ______________________ de Madrid.

3. —¿Cuál es la ______________________ de esa chica?
—Creo que es argentina.

4. En el mundo hispano hay una gran ______________________ de gente, países y culturas.

5. En cada capítulo de Interacciones hay muchos ejercicios y muchas ______________________ que los estudiantes tienen que hacer.

6. Para entrar en un país extranjero es necesario tener un documento de ______________________ como un pasaporte.

Bienvenidos a España

CBV I-1 Adivinanza. Para descubrir la palabra en la caja vertical, escriba en las líneas horizontales las palabras que corresponden a las definiciones de cada número.

1. ___ ___ [___] ___ ___ ___ ___
2. ___ ___ ___ [___] ___ ___ ___ ___ ___
3. ___ ___ ___ ___ ___ ___ ___ [___]
4. [___] ___ ___ ___
5. ___ ___ ___ ___ [___] ___ ___ ___
6. ___ ___ ___ ___ [___] ___ ___ ___ ___ ___
7. ___ ___ ___ ___ [___] ___
8. ___ ___ ___ ___ [___]

1. La cuarta ciudad más grande de España
2. El océano al oeste de la Península Ibérica
3. El otro país que también ocupa la Península Ibérica
4. La moneda principal de España
5. Las montañas que separan a España de Francia
6. El rey actual de España
7. La capital de España
8. Una importante industria española que se asocia con el mar

CBV I-2 El mapa. Usando oraciones completas, conteste las siguientes preguntas sobre España.

1. Nombre tres ciudades importantes de España. ______________________________

____

____

2. Nombre tres ríos importantes de España. __________________________________

____

____

Nombre ______________________ **Fecha** ______________

3. Nombre tres cordilleras importantes de España. ______________________

____

____

4. ¿Cuáles son las industrias importantes? ______________________

____

____

5. ¿Qué tipo de gobierno tiene la nación? ______________________

____

____

6. ¿Cuántos habitantes tiene? ______________________

____

____

7. ¿Cómo son la geografía y el clima? ______________________

____

____

Capítulo 1

La vida de todos los días

PRIMERA SITUACIÓN

C1-1 Acciones y lugares. Haga una lista de las actividades típicas que los clientes hacen en los siguientes lugares. (Use infinitivos para hacer listas de actividades.)

1. La oficina ______________________________

____

____

2. La tintorería ______________________________

____

____

3. La estación de servicio ______________________________

____

____

4. El correo ______________________________

____

____

5. La biblioteca de la universidad ______________________________

____

____

C1-2 Las diligencias. Escriba una lista de lo que Ud. tiene que hacer esta semana.

______________	______________
______________	______________
______________	______________
______________	______________
______________	______________

Nombre ______________________________ Fecha ______________

C1-3 Verbos irregulares.
Escriba la forma para la primera persona singular (yo) de los siguientes infinitivos.

1. decir ______________________
2. ver ______________________
3. oír ______________________
4. ir ______________________
5. dar ______________________
6. conocer ______________________
7. tener ______________________
8. traer ______________________
9. saber ______________________
10. hacer ______________________
11. estar ______________________
12. salir ______________________
13. poner ______________________
14. destruir ______________________

C1-4 ¿Con qué frecuencia... ?
Explique con qué frecuencia Ud. hace las siguientes cosas.

Modelo ir a la estación de servicio
Voy a la estación de servicio una vez a la semana.

1. reunirse con amigos

____

2. usar una computadora

____

3. ir al correo

____

4. tomar apuntes

____

5. hacer compras en un centro comercial

____

6. trabajar horas extra

____

7. echar una siesta

____

C1-5 Unas actividades. Usando una frase de cada columna, forme oraciones explicando lo que hacen las personas.

a menudo	**mi mejor amigo(-a)**	**decir la verdad**
nunca	**yo**	**venir a clase**
dos veces a la semana	**mis padres**	**hacer diligencias**
siempre	**mi compañero(-a) y yo**	**salir a tiempo**
a veces	**tú**	**poner la televisión**
todos los días	**mi profesor(-a) de español**	**ir al cine**
		conducir rápidamente
		oír música clásica

1. ______________________________
2. ______________________________
3. ______________________________
4. ______________________________
5. ______________________________
6. ______________________________
7. ______________________________
8. ______________________________

C1-6 Más verbos. Escriba la forma para la primera persona singular (yo) y plural (nosotros) de los siguientes infinitivos.

	YO	NOSOTROS
1. cerrar	________	________
2. repetir	________	________
3. querer	________	________
4. volver	________	________
5. preferir	________	________
6. almorzar	________	________
7. pedir	________	________
8. poder	________	________

Nombre ______________________ Fecha ______________

C1-7 Las actividades de Felipe.

Describa lo que Felipe hace en un día típico.

Modelo comenzar su tarea a las ocho
Felipe comienza su tarea a las ocho.

1. almorzar con amigos
   Felipe almuerza con sus amigos.
2. volver a casa a las diez
   Felipe vuelva a casa a las diez.
3. no perder tiempo
   Felipe no pierda tiempo.
4. dormir ocho horas
   Felipe duerma ocho horas.
5. soñar con su futuro
   Felipe sueña con su futuro.
6. pedirles dinero a sus padres
   Felipe pidoles...

C1-8 Las actividades de Ud. y sus amigos.

Usando las actividades de **Práctica C1-7**, explique si Ud. y sus amigos hacen lo que hace Felipe.

Modelo comenzar la tarea a las ocho
Mis amigos y yo también comenzamos la tarea a las ocho.
Mis amigos y yo no comenzamos la tarea a las ocho.

1. almorzamos
2. volvemos
3. perdimos
4. dormimos
5. soñamos
6. pedimosles

C1-9 La rutina. Escríbales un mensaje por correo electrónico a sus padres describiéndoles sus actividades y diligencias en la universidad este semestre. Explique lo que Ud. hace durante una semana típica.

______________________:

____

____

____

____

____

____

____

____

____

____

____

____

______________________________,

Nombre ______________________ Fecha ______________

SEGUNDA SITUACIÓN

C1-10 La rutina matinal. Explique lo que hace cada estudiante en el dibujo. (Los números de las personas en el dibujo corresponden a los números de la práctica.)

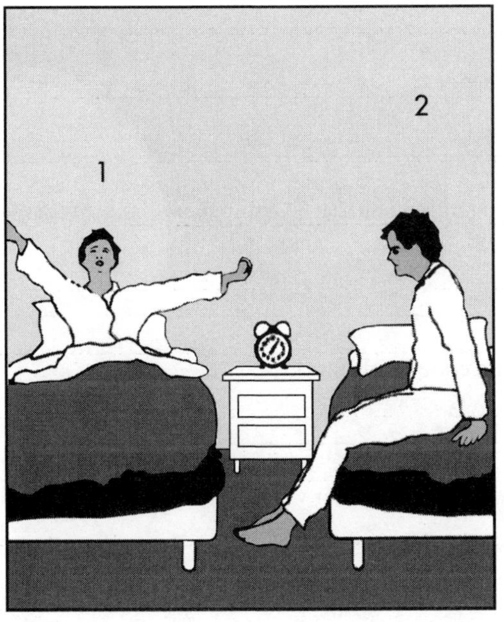

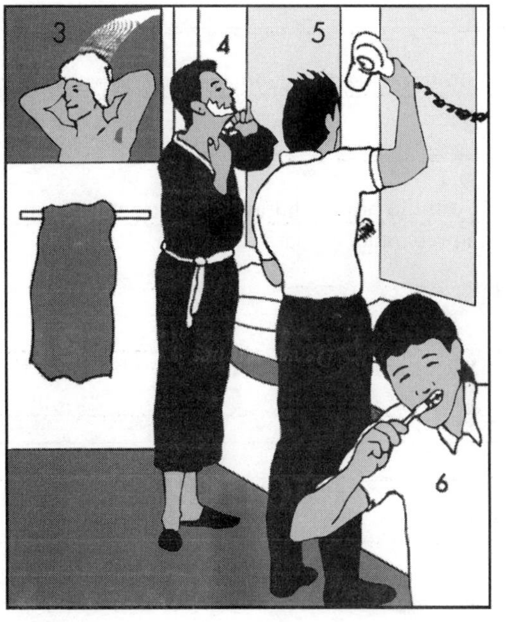

1. ______________________
2. ______________________
3. ______________________
4. ______________________
5. ______________________
6. ______________________

C1-11 Los artículos personales. ¿Qué cosas o artículos usan los estudiantes en el dibujo durante su rutina matinal?

1. ______________________
2. ______________________
3. ______________________
4. ______________________

5. ______________________________

6. ______________________________

C1-12 Falta de comprensión.
Escriba lo que Ud. diría en las siguientes situaciones.

1. Ud. habla por teléfono con su madre, pero Ud. no oye bien lo que ella dice.

____

2. Su profesor(-a) de español le hace una pregunta que Ud. no entiende.

____

3. Ud. estudió horas y horas para su examen de química, pero no comprende nada. Su compañero(-a) le pregunta si está preparado(-a) para el examen.

____

4. Su mejor amigo(-a) le explica un problema de física, pero Ud. no comprende nada.

____

5. Un(-a) amigo(-a) le da instrucciones para llegar a su casa y Ud. quiere confirmar y repetir lo que su amigo(-a) ha dicho.

____

6. Su novio(-a) le hace una pregunta pero Ud. no estaba prestando atención *(paying attention)*.

____

C1-13 Pronombres reflexivos.
Escriba el pronombre reflexivo que corresponde a los siguientes sujetos.

1. Manolo ______________
2. Uds. ______________
3. yo ______________
4. ella ______________
5. tú ______________
6. mis padres ______________
7. nosotras ______________
8. Ud. ______________

C1-14 Verbos reflexivos.
Escriba la conjugación para los siguientes verbos reflexivos.

SECARSE

yo ______________

tú ______________

él / ella / Ud. ______________

DESPERTARSE (IE)

yo ______________

tú ______________

él / ella / Ud. ______________

Nombre ______________________ Fecha ______________

nosotros(-as) ______________________ nosotros(-as) ______________________

ellos / ellas / Uds. ______________________ ellos / ellas / Uds. ______________________

C1-15 Su rutina diaria. Explique en orden cronológico lo que Ud. hace cada mañana para arreglarse. Incluya las cosas o artículos personales que Ud. usa.

____

____

____

____

____

____

____

____

____

____

C1-16 En la universidad. Explique lo que estas personas hacen en la universidad.

1. yo / preocuparse por los exámenes

____

2. Eduardo / dedicarse a sus estudios

____

3. unos alumnos / quejarse de sus profesores

____

4. tú / irse los fines de semana

____

5. mis amigos y yo / divertirse mucho

____

C1-17 La conversación incompleta. Ud. está escuchando una conversación telefónica entre su compañero(-a) de cuarto y su madre. Como Ud. sólo oye las respuestas, Ud. tiene que imaginar las preguntas que hace la madre. Escriba las preguntas en los espacios.

1. ______________________________

   Me siento muy bien, mamá.

2. ______________________________

   Siempre me levanto a las siete y media.

3. ______________________________

   Siempre como dos huevos y pan tostado y bebo un vaso de leche.

4. ______________________________

   En el comedor de mi residencia.

5. ______________________________

   Siempre como con mi compañero(-a) de cuarto.

6. ______________________________

   Mi compañero(-a) es el (la) chico(-a) alto(-a) de pelo rubio.

7. ______________________________

   No te escribo porque no tengo mucho tiempo.

   Adiós, mamá. Hasta luego.

C1-18 Un(-a) compañero(-a) raro(-a). Ud. vive en la residencia estudiantil con un(-a) compañero(-a) de cuarto muy raro(-a) que tiene una rutina diaria loca. Escríbale un mensaje de correo electrónico a un(-a) amigo(-a), describiéndole la rutina diaria y las actividades de su compañero(-a). Use su imaginación.

______________________:

____

____

____

____

____

____

____

Nombre ______________________________ Fecha ____________

____

____

____

____________________,

A recordar

Review the following situations and tasks that have been presented and practiced in this chapter.

- Discuss daily activities.
- Discuss and describe daily routine.
- Express the sequence and frequency of actions and events.
- Express lack of comprehension and ask for clarification about what has been said.
- Ask questions about activities and events.
- Prepare an appropriate daily schedule of activities in a Spanish-speaking country.

EXPANSIÓN DE VOCABULARIO

DUDAS DE VOCABULARIO

to know: conocer / saber

conocer: *to know, to meet, to be acquainted with, to recognize*

Lo conocí en la fiesta de María.	*I met him at María's party.*
Conozco Madrid pero no Sevilla.	*I know Madrid but not Sevilla.*
Lo conozco por su manera de caminar.	*I recognize him by the way he walks.*

saber: *to have knowledge of, to have the ability to do something*

Sé que José Manuel va a venir a la fiesta pero no sé cuándo.	*I know José Manuel is coming to the party, but I don't know when.*
Sé usar la computadora.	*I know how to use the computer.*

to ask: pedir / preguntar / preguntar por

pedir: *to request, to ask for something*

Ella me pidió un dólar pero yo no tenía dinero.	*She asked me for a dollar, but I didn't have any money.*

preguntar: *to ask a question*

Ella me preguntó si yo descansaba los fines de semana.	*She asked me if I rested on weekends.*

preguntar por: *to ask about (inquire about) somebody*

Mis padres me preguntaron por mi novio.	*My parents asked me about my boyfriend.*

movie: el cine / la película / de película

el cine: *the movie theater*

—Vamos al cine.	*Let's go to the movies.*
—¿A cuál?	*Which one (theater)?*
—Al Palacio.	*To the Palace.*
—No, al Palacio no. El cine Palacio es muy viejo.	*No, not to the Palace. The Palace movie theater is very old.*

la película: *the film, the motion picture*

Él siempre va a ver las películas españolas.	*He always goes to see Spanish movies.*

de película: *out of the ordinary, incredible.*

No te imaginas lo que me pasó. ¡Es de película!	*You can't imagine what happened to me! It's incredible!*

Práctica

C1-19 ¿Qué sabe y conoce Ud.? Explique si Ud. ***sabe*** o ***conoce*** las siguientes cosas.

Modelo España
(No) Conozco España.

1. ______________________________ usar una computadora.
2. ______________________________ al presidente de los EE.UU.
3. ______________________________ dónde vive mi mejor amigo(-a).
4. ______________________________ las obras de Picasso.
5. ______________________________ a todos mis primos.

C1-20 ¿Qué pide y pregunta Carlos? Explique lo que el niño Carlos ***pide*** o ***pregunta (por)*** en casa.

1. Carlos ______________________________ helado y dulces.
2. Carlos ______________________________ dónde está su pelota.
3. Carlos ______________________________ su papá.
4. Carlos ______________________________ un abrazo.

C1-21 El fin de semana. Complete la oración con una forma de ***el cine / la película / de película*** para explicar lo que van a hacer Federico y Antonia este fin de semana.

Federico y Antonia van ______________________________ para ver

______________________________ de Saura.

Nombre ____________________ Fecha ____________

AMPLIACIÓN

The suffix *-dor, -dora*

SUFFIX	*-er*	=	**-dor, -dora**	*computer*	=	**la computadora**
	-or	=	**-dor, -dora**	*razor*	=	**la afeitadora**

The suffixes **-dor** or **-dora** form nouns from verbs and indicate an appliance, piece of equipment, or place that will help carry out the action suggested by the verb: **secar** = *to dry;* **el secador** = *(hair) dryer.* Note that the English word will not always end in *-or, -er:* **el despertador** = *alarm clock.*

Práctica

C1-22 Dé la forma inglesa de las siguientes palabras.

1. el procesador ____________________
2. la fotocopiadora ____________________
3. la computadora ____________________
4. la afeitadora ____________________
5. el despertador ____________________
6. el secador ____________________

C1-23 Dé los infinitivos que se asocian con las siguientes palabras y después escriba la forma inglesa de los sustantivos.

	INFINITIVO	SUSTANTIVO INGLÉS
1. la lavadora	____________	____________
2. el cortador	____________	____________
3. el comedor	____________	____________
4. el mostrador	____________	____________
5. el mirador	____________	____________
6. la calculadora	____________	____________

C1-24 Complete las oraciones con un sustantivo que termina en *-dor* o *-dora.*

1. Para copiar unos papeles importantes se usa una ____________________.
2. Para despertarse a una hora fija se usa un ____________________.
3. Para resolver problemas de matemáticas o estadísticas se usa una ____________________.
4. Para afeitarse se usa una ____________________.
5. Muchas familias siempre comen en el ____________________.

Capítulo 2

De vacaciones

PRIMERA SITUACIÓN

C2-1 Las preparaciones. Ud. y unos(-as) amigos(-as) van a pasar una semana en un complejo turístico en la playa. Haga una lista de todas las cosas que deben llevar para pasarlo bien. Incluya por lo menos doce cosas.

C2-2 Un complejo turístico. Ud. trabaja en Brisamar, un complejo turístico en la Florida, y tiene que escribir un folleto *(brochure)* breve en español para los clientes hispanos. Describa el complejo incluyendo las habitaciones, los restaurantes y bares y las actividades de recreo.

C2-3. Una llamada telefónica. Ud. es un(-a) estudiante en Valencia, España, y llama a Julio Cela, un compañero de clase. Su madre contesta. Complete la conversación.

1. Diga.
   (Tell her good afternoon. Ask to talk to Julio.)

   ____

2. ¿De parte de quién, por favor?
   (Answer her.)

   ____

3. Lo siento, pero no está en este momento.
   (Ask his mother to have him call you.)

   ____

4. Con mucho gusto. Adiós, entonces.
   (Say good-bye.)

   ____

C2-4 La llamada de Julio. Julio regresa a casa y lo (la) llama a Ud. Complete la conversación.

1. Diga.
   Hola. ¿(*your name*)?
   (You recognize Julio's voice. Ask him how he is.)

   ____

2. Mi mamá me dijo que me llamaste.
   (Tell him you called to invite him to go to the beach with you and some friends from class.)

   ____

3. A ver. ¿Cuándo vais?
   (Say that you plan to go tomorrow morning about 11:30.)

   ____

4. Muy bien. Es una idea magnífica. ¿Qué hiciste ayer?
   (Answer him.)

   ____

5. Ah. Pues yo fui a cenar a la casa de mis abuelos. Fue bastante aburrido.
   (Sympathize with him. Explain you need to end the conversation and go study.)

   ____

6. Entonces nos vemos mañana a las once y media. Adiós.
   (Say O.K. and good-bye.)

   ____

C2-5 El pretérito. Escriba las formas del pretérito que corresponden a los sujetos.

NADAR	CORRER
Ana ______	Raúl ______
yo ______	tú y yo ______
mis amigos ______	los García ______
nosotras ______	yo ______
tú ______	tú ______

C2-6 Formas irregulares. Escriba las formas de la tercera persona plural del pretérito para los siguientes verbos.

1. dar ______
2. andar ______
3. venir ______
4. leer ______
5. poder ______
6. saber ______
7. tener ______
8. construir ______
9. poner ______
10. oír ______
11. estar ______
12. decir ______

C2-7 Las actividades en la playa. Explique si Ud. hizo o no hizo las siguientes actividades la última vez que fue a la playa.

Modelo practicar el windsurf
(No) **Practiqué el windsurf.**

1. pescar

______

2. jugar al volibol

______

3. gozar del mar

______

Nombre ______________________________ Fecha ____________________

4. buscar conchas

____

5. navegar en un velero

____

C2-8 Las vacaciones de los Ayala.

Explique lo que los Ayala hicieron durante sus vacaciones en la Costa Brava. Complete las oraciones con la forma adecuada de uno de los verbos de la lista.

andar to walk	**jugar**	**pasar** to come in
construir to construct	**leer**	**poner** to put
decidir	**nadar** to swim	**tomar** to take, eat, drink
hacer to do/to make		

Los Ayala (1) ____________________ las vacaciones en un complejo turístico en la Costa Brava. Allá los niños (2) ____________________ esquí acuático. (3) ____________________ en el mar y (4) ____________________ castillos de arena. Nunca (5) ____________________ la televisión. La Sra. de Ayala (6) ____________________ por la playa, (7) ____________________ sol y (8) ____________________ novelas románticas. El padre (9) ____________________ al golf. La familia (10) ____________________ volver al complejo el verano próximo.

C2-9 La historia de España.

Forme oraciones explicando cuándo los siguientes hechos históricos tuvieron lugar.

Modelo Fernando e Isabel / casarse / 1474
Fernando e Isabel se casaron en mil cuatrocientos setenta y cuatro.

1. Cristóbal Colón / llegar a las Américas / 1492

____

____

2. Felipe II / enviar la Armada Invencible a Inglaterra / 1588

____

____

3. Miguel de Cervantes / escribir la primera parte de *Don Quijote* / 1605

____

____

4. Felipe V / mandar construir el Palacio Real / 1734

5. Antonio Gaudí / empezar el Templo de la Sagrada Familia en Barcelona / 1883

C2-10 Una tarjeta postal. Escríbales una tarjeta postal a sus padres explicando lo que Ud. hizo durante los tres primeros días de sus vacaciones en un complejo turístico en Torremolinos, España.

Torremolinos: La playa

CORREO AÉREO

AIRMAIL

Nombre ______________________________ Fecha ____________

SEGUNDA SITUACIÓN

C2-11 Madrid de noche. Lea la siguiente información turística sobre Madrid y después haga la actividad que sigue.

LA NOCHE

Zona de Argüelles. La más visitada por estudiantes y gente joven. Abundan los restaurantes de comidas rápidas, hamburgueserías, pubs, discotecas, cafés y cervecerías.

Zona de Gran Vía. Se configura una zona de cabaret sexys, cines, teatros, restaurantes, grandes cafeterías, tiendas, salas de fiestas y bares tradicionales.

Plaza de Santa Ana y Calle Huertas. Más de sesenta establecimientos se distribuyen por la zona. Aquí predomina el pub y el establecimiento tranquilo dedicado a los amantes de la música en vivo no estridente. Es una zona concurrida por gente entre los veinticinco y cuarenta años.

Puerta del Sol y Plaza Mayor. Ésta es la zona de las tascas, tablaos flamencos, las tabernas y los mesones. Aquí se puede tapear, tomar cerveza y vinos. También es zona de las casas de comidas y restaurantes.

Barrio de Malasaña. Tiene su centro en la plaza del Dos de Mayo. Es quizá la zona madrileña con mayor concentración de lugares de encuentros, pubs, cafés y discotecas. En Malasaña se tiene que estar seguro de que gusta la nocturnidad, el ruido y el desenfado.

Glorietas de Bilbao y Alonso Martínez. Entre estas dos glorietas y las calles adyacentes se encuentran entre treinta a cuarenta locales muy frecuentados por gente del cine, teatro, del periodismo y de la abogacía.

DESPLAZARSE POR MADRID

Autobús. El horario de autobuses es de las 6 de la mañana a las 12 de la noche. Durante la noche hay un servicio mínimo que tiene su salida desde Plaza de Cibeles. Desde las 12 de la noche hasta las 2 h., cada 30 minutos. Desde las 2 hasta las 6, cada hora.

Taxi. Para información del usuario, los taxis llevan en lugar visible la tarifa de precios y los suplementos.

Automóvil. Si decide conducir su propio coche o alquilar uno, debe tener en cuenta la O.R.A., es un control de aparcamiento en las zonas céntricas de la ciudad, por el cual hay que abonar una tasa de aparcamiento por cada media hora, con un máximo autorizado de hora y media. Las tarjetas se pueden adquirir en cualquier estanco en la ciudad.

Metro. El horario, de las 6 de la mañana a la 1,30 noche. Para el turista hay unos billetes valederos para tres o cinco días.

Escoja un lugar adónde ir y también un medio de transporte para volver al hotel o a casa para las siguientes personas que están de vacaciones en Madrid.

1. Una pareja que celebra su aniversario de quince años. Quieren oír música contemporánea pero no les gusta la música rock. Van a quedarse allí hasta las dos.

   LUGAR: ______________________________

   MEDIO DE TRANSPORTE: ______________________________

2. Una familia norteamericana con tres jóvenes entre once y catorce años. Quieren probar tapas y volver al hotel a las diez.

   LUGAR: ______________________________

   MEDIO DE TRANSPORTE: ______________________________

3. Un estudiante alemán que tiene mucha hambre. Necesita comer rápidamente porque su tren sale a las nueve de la noche.

LUGAR: ____________________

MEDIO DE TRANSPORTE: ____________________

4. Cuatro hombres de negocios que están en Madrid para una conferencia. Quieren ver un espectáculo en algún cabaret y después quieren tomar una copa. Van a divertirse hasta las tres.

LUGAR: ____________________

MEDIO DE TRANSPORTE: ____________________

5. Dos señoritas de veinte años a quienes les encanta bailar y estar con otros jóvenes hasta las tres de la mañana. Les gusta la música rock.

LUGAR: ____________________

MEDIO DE TRANSPORTE: ____________________

6. Una joven actriz y su novio que es abogado. Quieren tomar una copa con otros amigos y volver a casa a las diez y media.

LUGAR: ____________________

MEDIO DE TRANSPORTE: ____________________

C2-12 Sus diversiones. Ud. tiene tres noches en Madrid. Usando la información de **Práctica C2-11**, explique lo que va a hacer cada noche y por qué va a hacerlo. Incluya sus medios de transporte.

____

____

____

____

____

____

C2-13 Circunlocuciones. Ud. tiene un(-a) amigo(-a) español(-a) que lee novelas y revistas norteamericanas. Cuando no comprende una frase o palabra, le escribe a Ud. pidiendo una explicación. Escríbale una definición de las siguientes cosas.

1. time-share condo ____________________

____

____

Nombre ______________________ Fecha ______________

2. barbecue ______________________

____

____

3. bingo ______________________

____

____

4. get-away weekend ______________________

____

____

5. SUV (sports utility vehicle) ______________________

____

____

C2-14 Más verbos en pretérito. Escriba la forma para la primera y la tercera persona singular del pretérito de los siguientes verbos.

3/4/08

	YO	ÉL / ELLA / UD.
1. pedir	pedí	pidió
2. divertirse	me divertí	se divirtió
3. dormir	dormí	durmió
4. vestirse	me vestí	se vistió
5. seguir	seguí	siguió

C2-15 Una noche divertida. Describa lo que las siguientes personas hicieron anoche.

1. Federico y Yolanda / pedir un whisky en un bar

Federico y Yolanda pidieron un whiskey en un bar.

2. yo / no divertirse nada

Yo no me divertí nada.

3. mi novio(-a) y yo / despedirse temprano

Mi novio y yo nos despedimos temprano.

4. el Sr. Medina / sentirse mal

El Sr. Medina se sintió mal.

5. tú / dormirse tarde

Tú te dormiste tarde.

C2-16 En Sevilla. Explique lo que Graciela vio durante sus vacaciones en Sevilla.

Modelo la catedral
Graciela vio la catedral.

1. su primo Emilio

____

2. la Torre de Oro

____

3. el cantante Enrique Iglesias en concierto

____

4. un torero famoso

____

5. el Alcázar

____

6. algunas bailarinas flamencas

____

C2-17 Haciendo las maletas. Ud. va de vacaciones a España y su madre lo (la) ayuda con sus maletas. Conteste sus preguntas según el modelo, usando el pronombre adecuado en vez del sustantivo.

Modelo ¿Tu traje de baño?
Sí, lo necesito. Ponlo en la maleta.

1. ¿Tu desodorante?

Sí, ______________________________

2. ¿Tus sandalias?

Sí, ______________________________

3. ¿Tus zapatos de tenis?

Sí, ______________________________

4. ¿Tu camiseta nueva?

No, ______________________________

5. ¿Tu loción solar?

Sí, ______________________________

6. ¿Tus pantalones cortos?

No, ______________________________

C2-18 Unas vacaciones fantásticas.

Escríbale una carta breve a un(-a) amigo(-a) describiendo unas vacaciones buenas. Dígale adónde fue y lo que hizo de día y de noche.

______________________________:

____

____

____

____

____

____

____

____

____

____

____

____

______________________________,

A recordar

Review the following situations and tasks that have been presented and practiced in this chapter.

- Make a personal phone call.
- Circumlocute when you cannot recall or do not know the exact vocabulary word.
- Discuss a great variety of past activities.
- Avoid the repetition of nouns by using the appropriate pronoun.
- Sequence events.
- Discuss leisure time and vacation activities in your own culture and in Hispanic culture.

EXPANSIÓN DE VOCABULARIO

DUDAS DE VOCABULARIO

time: el tiempo / la vez / la hora

el tiempo: *time, period of time; weather*

Ese vestido se usaba en los tiempos de mi abuela.	*That dress was worn in my grandmother's time.*
¡Qué tiempo tan feo!	*What awful weather!*

la vez: *a specific occurrence of time*

La última vez que nadé fue el verano pasado.	*The last time I went swimming was last summer.*

la hora: *time of day*

¿Qué hora es? Son las nueve.	*What time is it? It's nine o'clock.*

to have a good time: divertirse / pasarlo bien

divertirse: *to enjoy oneself, to have fun*

Yo me divierto mucho en las fiestas.	*I have a lot of fun at parties.*

pasarlo bien: *to have a good time*

Este verano fue estupendo. ¡Lo pasé de lo mejor en Madrid!	*This summer was fantastic. I had a great time in Madrid!*

Práctica

C2-19 ¿La hora, el tiempo o la vez? Complete las oraciones con la forma adecuada de ***la hora / el tiempo / la vez.***

—¿Sabes qué (1) ______________________ es?

—Son las tres y media.

—Entonces, tengo (2) ______________________ para llamar a la oficina. Es la tercera (3) ______________________ que tengo que llamar al jefe hoy.

C2-20 ¿Divertirse o pasarlo bien? Complete las oraciones con la forma adecuada de ***divertirse / pasarlo bien.***

Generalmente yo ______________________ en España, en la Costa del Sol. Gozo del mar y del sol. Por la noche voy a una discoteca y ______________________ muchísimo.

Nombre ______________________________ Fecha ______________

AMPLIACIÓN

The suffix *-ción*

SUFFIX	*-tion*	=	**-ción**
	situation	=	**situación**

Nouns ending with this suffix are feminine. Note that the accent is dropped in the plural form: **la situación → las situaciones.**

Práctica

C2-21 Dé la forma inglesa de las siguientes palabras.

1. la loción ______________________________
2. la presentación ______________________________
3. la nación ______________________________
4. la definición ______________________________
5. la situación ______________________________
6. la conversación ______________________________

C2-22 Dé el sustantivo español en la forma singular y plural para las siguientes palabras.

	SINGULAR	PLURAL
1. emotion	______________	______________
2. tradition	______________	______________
3. definition	______________	______________
4. section	______________	______________
5. lotion	______________	______________
6. recommendation	______________	______________

C2-23 Complete las oraciones con un sustantivo que termine en ***-ción*** o ***-ciones.***

1. Muchos españoles pasan las ______________ en la playa.
2. Esa niña tiene mucha ______________ . Puede contar cuentos muy divertidos.
3. España es una de las ______________ de la Unión Europea.
4. En el libro de texto *Interacciones* hay tres ______________ en cada capítulo.
5. Es una ______________ española pasearse por la noche a eso de las ocho.

Bienvenidos a México

CBV II-1 Adivinanza. Para descubrir la palabra en la caja vertical, escriba en las líneas horizontales las palabras que correspondan a las definiciones de cada número.

1. ___ ___ [___] ___ ___ ___ ___ ___ ___
2. ___ ___ [___] ___ ___ ___ ___ ___
3. [___] ___ ___ ___ ___ ___ ___ ___ ___
4. [___] ___ ___ ___
5. ___ [___] ___ ___ ___ ___ ___
6. [___] ___ ___ ___
7. ___ ___ [___] ___ ___ ___
8. ___ [___] ___ ___ ___ ___ ___ ___ ___

1. La santa patrona de México es la Virgen de __________ .
2. El océano al oeste de México
3. Tierras altas entre las montañas
4. La moneda de México
5. La industria principal de México
6. Una ciudad grande en el norte del país
7. La plaza principal de México, D.F.
8. La tercera ciudad más grande de México

CBV II-2 El mapa. Usando oraciones completas, conteste las siguientes preguntas sobre México.

1. Nombre cuatro ciudades grandes e importantes. ______________________________

   ____

   ____

2. Nombre algunas playas famosas de México. ______________________________

   ____

   ____

Nombre ______________________________ **Fecha** ______________

3. ¿Cuáles son las industrias importantes? ______________________________

____

____

4. ¿Cuál es la población de México? ¿Dónde vive la mayoría de la población? ______________

____

____

5. ¿Qué tipo de gobierno tiene México? ______________________________

____

____

6. ¿Cómo son la geografía y el clima? ______________________________

____

____

Capítulo 3

En familia

PRIMERA SITUACIÓN

CLAVE

La familia Vargas

1. María Teresa Vargas Casona
2. Felipe Vargas Núñez
3. Alejandra Casona de Vargas
4. Gustavo Vargas Casona
5. Julia Guevara de Vargas
6. Rosita Vargas Guevara

La familia García

7. Joaquín García Muñoz
8. Héctor García Ramírez
9. Elvira Muñoz de García
10. Claudia García de Moreno
11. Roberto Moreno Álvarez
12. Claudio Moreno García

Nombre ______________________________ Fecha ______________

C3-1 Algunos parientes.

Complete las oraciones con la palabra que explique la relación entre los miembros de la familia. (Los números en paréntesis de la práctica a continuación corresponden a los números de las personas en el dibujo de la boda.)

1. Felipe Vargas Núñez (2) es ______________ de María Teresa (1) y Gustavo (4). Es ______________ de Alejandra Casona(3). Es ______________ de Rosita (6).
2. Alejandra Casona de Vargas (3) es ______________ de María Teresa (1) y Gustavo (4). Es ______________ de Felipe (2) y ______________ de Rosita (6).
3. Gustavo Vargas Casona (4) es ______________ de Felipe (2) y Alejandra (3) y ______________ de María Teresa(1).
4. Rosita Vargas Guevara (6) es ______________ de Gustavo (4) y Julia (5). Es ______________ de Felipe (2) y Alejandra (3) y ______________ de María Teresa (1).

C3-2 Saludos.

Ud. es un(-a) estudiante en Cuernavaca, México. Complete las siguientes conversaciones según la situación.

1. Ud. está en la biblioteca de la universidad y ve a una compañera de su clase de español.

USTED: ______________________________

COMPAÑERA: Como siempre. Ninguna novedad.

USTED: ______________________________

COMPAÑERA: Sí, hasta mañana.

2. Ud. va de compras y se encuentra con la secretaria que lo (la) ayudó a Ud. el primer día de clases.

USTED: ______________________________

SECRETARIA: ¡Qué gusto verlo(-la) a Ud.!

USTED: ______________________________

SECRETARIA: Estoy bien. ¿Y Ud.?

USTED: ______________________________

SECRETARIA: ¡Qué bien!

USTED: ______________________________

SECRETARIA: Adiós. Hasta luego.

3. Ud. se encuentra con Adolfo, un chico mexicano a quien no ha visto desde la primera semana de clases.

USTED: ______________________________

ADOLFO: ¡Qué milagro!

USTED: ______________________________

ADOLFO: No mucho. ¿Cómo estás?

USTED: ______________________________

ADOLFO: Sí, nos llamamos. Chau.

USTED: ______________________________

C3-3 El imperfecto. Escriba las formas del imperfecto para los sujetos dados.

	AMAR	ASISTIR
mi familia	______________	______________
yo	______________	______________
mi tía y yo	______________	______________
Uds.	______________	______________
tú	______________	______________

C3-4 Otros verbos en el imperfecto. Escriba las formas de la primera persona plural del imperfecto para los siguientes verbos.

1. vivir ______________
2. estar ______________
3. ver ______________
4. jugar ______________
5. hacer ______________
6. ir ______________
7. poder ______________
8. levantarse ______________
9. tener ______________
10. ser ______________

Nombre ______________________________ Fecha ______________

C3-5 Los domingos.

Explique lo que las siguientes personas hacían los domingos cuando eran jóvenes.

Modelo Gustavo / comer mucho
Gustavo comía mucho.

1. el doctor Gallego / aconsejarles a todos

____

2. Vicente y yo / jugar al dominó

____

3. Uds. / almorzar con sus tíos

____

4. Mariana / ver a sus abuelos a menudo

____

5. tú / divertirte con tus primos

____

6. Carlos y Anita / ir a misa

____

C3-6 Cuando era joven.

Escriba un párrafo explicando lo que Ud. hacía y cómo era en su juventud. Use los siguientes verbos.

asistir ✓ to attend	**ir** ✓ to go	**querer** ✓ to want
divertirse to have a good time	**jugar** ✓ to play	**ser** ✓ to be
estar ✓ to be	**levantarse** ✓ to raise, lift	**vivir** ✓ to live

Cuando era joven ______________________________

____

____

____

____

____

____

____

C3-7 Descripciones.

Sustituya el sustantivo entre paréntesis por el sustantivo en cursiva *(italics)*. Haga todos los cambios necesarios para describir a las siguientes personas y cosas.

Modelo *Felipe* es joven, mono y alegre. (mis primos)
Mis primos son jóvenes, monos y alegres.

1. Los Ruiz viven en *un* nuevo *apartamento* grande y cómodo. (casa)

2. Acaban de comprar *un* antiguo *sofá* francés. (dos sillas)

3. *El Sr. Ruiz* es español, viejo e inteligente. (la Sra. Ruiz)

4. Tienen *una hija* que es alta y muy bonita. (dos hijas)

5. También tienen *un nieto* de cinco años que es guapo y cariñoso pero un poco travieso. (una nieta)

C3-8 La familia Vargas.

Describa a los siguientes miembros de la familia Vargas que aparecen en el dibujo de esta situación. Use por lo menos tres adjetivos para cada persona.

1. María Teresa Vargas Casona

2. Felipe Vargas Núñez

3. Alejandra Casona de Vargas

4. Gustavo Vargas Casona

5. Rosita Vargas Guevara

Nombre ____________________ Fecha ____________

C3-9 Mi familia.

Escriba un párrafo describiendo a su familia. Incluya por lo menos seis personas.

C3-10 Unos niñitos.

Ud. es el (la) maestro(-a) en una escuela primaria. ¿Cómo va a llamar Ud. a los siguientes niñitos? Dé el diminutivo.

Adela ____________________

Manolo ____________________

Rosa ____________________

Lola ____________________

Paco ____________________

Eva ____________________

Luis ____________________

Susana ____________________

Juan ____________________

Pepe ____________________

SEGUNDA SITUACIÓN

C3-11 Después de la boda. Usando el dibujo y la información de la Primera situación, complete las oraciones con las relaciones familiares después que María Teresa y Joaquín se casaron.

1. Joaquín García Muñoz es ____________________ de María Teresa.
2. ____________________ es la cuñada de María Teresa.
3. Felipe Vargas Núñez es ____________________ de Joaquín.
4. Claudia García de Moreno y María Teresa son ____________________.
5. Joaquín García Muñoz y Gustavo Vargas Casona son ____________________ .
6. Joaquín García Muñoz es ____________________ de Felipe Vargas Muñoz.
7. María Teresa es ____________________ de Elvira Muñoz de García.
8. Los García son ____________________ de los Vargas.
9. Después de casarse, María Teresa legalmente se llama ____________________.

C3-12 Una fiesta. ¿Qué preguntarían o contestarían las personas en las siguientes situaciones?

1. Ud. invita a un(-a) amigo(-a) a una fiesta en su casa el viernes que viene.

   ____

2. Su amigo(-a) no puede venir porque tiene que trabajar.

   ____

3. Ud. siente *(regret)* que su amigo(-a) no pueda venir.

   ____

4. Ud. invita a otro(-a) amigo(-a) a la fiesta.

   ____

5. El (La) otro(-a) amigo(-a) acepta.

   ____

C3-13 Una invitación. Ud. va a dar una fiesta en su apartamento el sábado que viene. Escríbale a un(-a) amigo(-a) invitándolo(-la) a la fiesta. Explíquele cuándo y dónde es, quiénes asistirán, qué tipo de fiesta es, etc.

____

____

____

____

____

____

____

____

____

____

____

____

C3-14 ¡Qué sorpresa! Un amigo ha oído noticias sorprendentes acerca de la boda de Gustavo y Eva. Confirme lo que él ha oído usando la forma adecuada de ***ser*** o ***estar.***

Modelo ¿Gustavo y Eva? ¿Novios?
Sí, son novios.

1. ¿La boda? ¿El sábado a las dos?

   Sí, ______________________________________

2. ¿La cena? ¿En el Hotel Cozumel?

   Sí, ______________________________________

3. ¿Gustavo? ¿Del Ecuador?

   Sí, ______________________________________

4. ¿Eva? ¿Linda y coqueta?

   Sí, ______________________________________

5. ¿La madre? ¿Contenta?

Sí, ____

6. ¿Los novios? ¿Nerviosos?

Sí, ____

C3-15 Puerto Vallarta.

Complete las siguientes oraciones con la forma adecuada de ***ser, estar*** o ***haber (hay)*** para describir a Fernando y sus vacaciones.

(1)______________________ el lunes, tres de agosto. (2)______________________ las tres de la tarde. Fernando (3)______________________ de vacaciones en Puerto Vallarta con toda su familia. Puerto Vallarta (4)______________________ una de las playas famosas de la costa del Pacífico. Fernando y su esposa Carmen, que (5)______________________ de Guanajuato, (6)______________________ tomando el sol en la playa. Los dos (7)______________________ de muy buen humor porque no (8)______________________ mucha gente allí y pueden gozar del lugar. Carmen (9)______________________ rubia y (10)______________________ un poco preocupada porque hace muchísimo sol y no quiere quemarse.

C3-16 La boda de su hermana Susana.

Miguel está escribiéndoles una carta a sus abuelos porque quieren saber todos los detalles acerca de la boda de su hermana. Complete sus oraciones con la forma adecuada de ***ser***, ***estar*** o ***haber*** en el presente.

Queridos abuelos:

Como Uds. saben la boda (1) ______________________ el sábado 21. (2) ______________________ una lástima que Uds. no puedan asistir pero voy a contarles lo que pasa. Me gusta Carlos, el novio de Susana. (3) ______________________ colombiano y (4) ______________________ muy inteligente y simpático. Va a (5) ______________________ una ceremonia grande. La madrina (6) ______________________ Amelia, una amiga de Susana, y el padrino (7) ______________________ Roberto, el hermano de Carlos. Susana (8) ______________________ muy contenta con su traje de novia; (9) ______________________ muy bonito. Ahora mamá (10) ______________________ hablando por teléfono con el restaurante para decirles que (11) ______________________ dos nuevos invitados. Papá (12) ______________________ de mal humor; dice que (13) ______________________ demasiados invitados y que todo (14) ______________________ demasiado caro. Yo (15) ______________________ aburrido con todos estos detalles. Prefiero (16) ______________________ con mis amigos y olvidarme de la boda.

Bueno, tengo que irme. Susana me (17) ______________________ llamando para que la lleve al centro comercial.

Abrazos,

Miguel

Nombre ______________________ Fecha ____________

C3-17 Después de la boda.

Después de la boda de un(-a) amigo(-a) suyo(-a) Ud. encontró varias cosas. Ahora Ud. trata de descubrir de quién son los objetos y Ud. les escribe un mensaje por correo electrónico a varios invitados.

Modelo el suéter negro / gris
Su mensaje: **¿Es tuyo este suéter negro?**
La respuesta: **No, no es mío. El mío es gris.**

1. el paraguas azul / rojo

   Su mensaje: ______________________

   La respuesta: ______________________

2. los discos viejos / más nuevo

   Su mensaje: ______________________

   La respuesta: ______________________

3. la bufanda amarilla / más largo

   Su mensaje: ______________________

   La respuesta: ______________________

4. las gafas rojas / negro

   Su mensaje: ______________________

   La respuesta: ______________________

5. los guantes blancos / más sucio

   Su mensaje: ______________________

   La respuesta: ______________________

C3-18 Una boda estupenda.

Ud. es periodista *(newspaper reporter)* para el *Herald* de Miami, Florida, y tiene que escribir un artículo sobre la boda de Maricarmen Valero, la hija de una familia rica y famosa. Describa a los invitados, la iglesia y la recepción. Incluya también una descripción de los novios y sus familias.

____

____

____

____

____

____

A recordar

Review the following situations and tasks that have been presented and practiced in this chapter.

- Describe your family and individual members of your family including information about their physical and emotional characteristics, ages, nationalities, and activities.
- Initiate a conversation by using the proper greetings and close the conversation with the proper leave-takings.
- Extend, accept, and decline an invitation in oral and written form.
- Describe what life used to be like.
- Describe conditions and characteristics of people; provide information about the location of persons and things; tell time; indicate origin, nationality, and ownership.
- Express endearment, smallness, or cuteness when referring to people or things.
- Discuss family life, activities, and events in your own and Hispanic culture.

EXPANSIÓN DE VOCABULARIO

DUDAS DE VOCABULARIO

close: cerca / cercano / unido / íntimo

cerca: *next to, near, close*

Los Méndez no viven cerca de la universidad.	*The Mendezes do not live close to the university.*

cercano: *physical closeness of people or objects. It can also be used to refer to close family relationships.*

Los Gómez, sin embargo, viven en un pueblo cercano.	*The Gomezes, however, live in a nearby town.*
Él es hijo de mi hermano; por lo tanto es un pariente muy cercano.	*He is my brother's son; consequently, he is a close relative.*

unido: *close-knit ties between friends or relatives*

Todos los miembros de mi familia somos muy unidos.	*All of the members of my family are very close to each other.*

íntimo: *close relationship between friends*

Irma es mi amiga íntima.	*Irma is my close friend.*

Nombre ______________________________ Fecha ______________

because: porque / puesto que / como / a causa de

porque: *because.* **Porque** *is followed by a clause that includes a conjugated verb.* **Porque** *cannot begin a sentence.*

Él no vino porque estaba enfermo.	*He didn't come because he was sick.*

puesto que / como: *because, since. Both* **puesto que** *and* **como** *can be used at the beginning of a sentence.*

Como/Puesto que no has terminado de hacer tu tarea, hoy no sales.	*Since you haven't finished your homework, you're not going out today.*

a causa de: *because of; as a consequence of.* **A causa de** *can be used at the beginning of a sentence or in the middle position. It is followed by a noun or an infinitive.*

A causa de trabajar sin parar nunca, se enfermó.	*Because he/she worked without ever stopping, he/she got sick.*

small / little: poco / pequeño / joven / menor

poco: *a small amount; a little*

—¿Quiere comer un pedazo de torta?	*Do you want to eat some cake?*
—Sólo un poco. No quiero engordar.	*Just a little. I don't want to gain weight.*

pequeño: *small in size*

José Luis es muy pequeño. Él apenas mide 1,40 m.	*José Luis is very small. He is barely 1,40 m. (4'6").*

joven: *young in age*

Él es muy joven. Todavía no maneja.	*He is very young. He doesn't drive yet.*

menor: *younger*

Mi hermano menor tiene 12 años.	*My younger (little) brother is 12.*

Práctica

C3-19 La familia Hernández. Complete las oraciones con la forma adecuada de una de las palabras de la lista.

cerca	**cercano**	**unido**	**íntimo**
porque	**puesto que**	**como**	**a causa de**
poco	**pequeño**	**joven**	**menor**

La familia Hernández es muy (1) ____________. Claudio, su esposa y sus hijos viven (2) ____________ de los abuelos. (3) ____________ esta proximidad se ven a menudo. Roberto y Emilio son los dos hijos de Claudio. Emilio asiste a la universidad (4) ____________ quiere hacerse ingeniero como su padre que tiene una (5) ____________ compañía de construcción. Roberto todavía es (6) ____________ y no sabe lo que quiere ser en el futuro. El hermano de Claudio vive en un barrio (7) ____________. Cada domingo la familia entera se reúne en la casa de los abuelos para cenar.

AMPLIACIÓN

Family members

The vocabulary for members of the family is often based on the following observations regarding word formation.

1. In most cases the relationship between two or more persons of a family is expressed by a single noun which has a masculine form ending in **-o** and a feminine form ending in **-a.** This is contrary to English, which uses a distinct vocabulary word to express these masculine and feminine forms: **el hermano** = *brother;* **la hermana** = *sister.* EXCEPTION: **el padre** = *father;* **la madre** = *mother.*
2. The plural nouns indicating family members refer to persons of both gender: **los abuelos** = *grandparents;* **los hijos** = *children;* **los padres** = *parents;* **los tíos** = *uncles and aunts.*
3. The prefix **bis-** or **biz-** = *great-:* **el bisabuelo** = *great-grandfather;* **la biznieta** = *great-granddaughter.* The prefix **rebis-** = *great-great:* **el rebisabuelo (tatarabuelo)** = *great-great-grandfather.*
4. The prefix **co-** or **com-** = *god-:* **el compadre** = *godfather;* **la comadre** = *godmother* (in relation to the parents). This prefix is derived from **con** *(with)* and indicates a co-parent who is a parent along with the biological parents.
5. The suffix **-astro(-a)** = *step-.* To use this suffix drop the final vowel from the noun and add the corresponding masculine or feminine form of the suffix: **la madre, la madrastra** = *mother, stepmother.*

Práctica

C3-20 Dé la forma inglesa de las siguientes palabras.

1. los hijastros ______
2. la rebisabuela ______
3. los cuñados ______
4. el tatarabuelo ______
5. el biznieto ______
6. el compadre ______
7. los suegros ______
8. la hermanastra ______

C3-21 Dé la forma española de las siguientes palabras.

1. stepmother ______
2. stepdaughter ______
3. stepbrother ______
4. stepfather ______

Nombre ______________________________ Fecha ______________

5. great-grandfather ______________________________

6. great-grandmother ______________________________

7. great-granddaughter ______________________________

8. great-great-grandfather ______________________________

C3-22 Complete las oraciones con un sustantivo que indica la relación entre las personas.

1. Los ______________ son los padres de su esposo(-a).

2. Un ______________ es el padre de su abuelo.

3. Una ______________ es la hija de un matrimonio anterior de su padre o madre.

4. Una ______________ es la bisabuela de su madre.

5. El ______________ o la ______________ es una persona que promete cuidar a un(-a) hijo(-a) en caso de la muerte de los padres.

6. Un ______________ es el hijo de su nieto o nieta.

Capítulo 4

En el restaurante

PRIMERA SITUACIÓN

C4-1 Restaurante Bajamar. Ud. está de vacaciones en México y va a un restaurante español para cenar. Dé un vistazo al menú y examínelo superficialmente; conteste las preguntas. (**Vocabulario: la tortilla** = *omelette;* **la paella** = *chicken, seafood, and rice casserole;* **el gazpacho** = *cold vegetable soup*)

MENU TURÍSTICO:

Se compone eligiendo:

Un plato del Grupo 1.º
Un plato de los Grupos 2.º, 3.º, ó 4.º
Un plato del Grupo 5.º
Pan y vino del país

Restaurante Bajamar

SOPAS Y CREMAS

GRUPO 1.º

Consomé de ave ...
Consomé gelée ...
Consomé Martell ...
Petite Marmite ...
Sopa de cebolla ...
Gazpacho Andaluz ...
Bullavesa Marsellesa ...
Crema de langosta ...
Crema Windsor ...
Sopa de pescado ...

HUEVOS Y PASTAS

GRUPO 2.º

Huevos al plato Flamenca ...
Huevos escalfados Beneditine ...
Huevos revueltos a la Turca ...
Huevos revueltos "BAJAMAR" ...
Huevos fritos con bacón ...
Huevos fritos a la Cubana ...
Tortilla "BAJAMAR" ...
Tortilla con espárragos ...
Spaghettis Napolitana ...

MARISCOS

especialidad de la casa

GRUPO 3.º

Centollo ... Kg.
Langosta ... Kg.
Bogavante ... Kg.
Langostinos ... Kg.
Cigalas ... Kg.
Nécoras ... Kg.
Buey de Mar ... Kg.
Ostras ... ½ Dna.
Ostras gigantes ... ½ Dna.
Ostras supergigantes ... ½ Dna.
Gambas ... Rac.
Camarones ... Rac.
Percebes ... Rac.
Cocktail de Mariscos ... Rac.
Salpicón de Mariscos ... Rac.
Changurro a la Vasca ... Rac.
Vieiras ... Unidad
Almejas ... ½ Dna.
Cangrejos de río ... ½ Dna.

ENTRADAS

GRUPO 4.º

Tournedó "BAJAMAR" ...
Solomillo Stroganoff ...
Escalope Ternera Cordon Bleu ...
Medallones Ternera Fina Champaña ...
Escalope de Ternera Vienesa ...
Sesos a la Romana ...
Criadillas a la Romana ...
Riñones al Jerez, arroz blanco ...
Callos a la Madrileña ...
Pollo en cocotte Souvaroff ...
Pechuga de Pollo Villeroy ...
Perdiz Estofada ...
Perdiz Escabechada ...
Chuleta de Cerdo Flamanda ...
Paella con Pollo ...
Paella con Pollo y Mariscos ...
Paella especial de Mariscos ...

POSTRES

GRUPO 5.º

Copa CASA (helado, flan, melocotón, nata) ...
Tortilla Alaska (2 o más personas) ... Rac.
Flan al caramelo ...
Tartas a elección ...
Melocotón en almíbar ...
Pera del tiempo en compota ...
Helados varidos a elección ...
Piña natural al kirsh ...
Fruta del tiempo ...
Queso español ...
Queso francés ...

Servicio e impuestos incluidos.

Nombre ______________________________ **Fecha** ______________

1. ¿Cuántos grupos de platos se mencionan en el menú? ______________________________

____

¿Cuáles son? ______________________________

¿Cuál es la especialidad de la casa? ______________________________

____

2. Además de los platos españoles, el restaurante sirve platos franceses e italianos.

Nombre un plato italiano del menú. ______________________________

Nombre dos platos franceses del menú. ______________________________

3. Entre las sopas, ¿cuál(-es) es (son) más típica(-s) de España? ______________________________

____

Entre las entradas, ¿cuál(-es) es (son) más típica(-s) de España? ______________________________

____

Entre los postres, ¿cuál(-es) es (son) más típico(-s) de España? ______________________________

____

4. Del menú turístico, ¿qué se puede elegir para comer? ______________________________

____

¿Qué se puede beber? ______________________________

____

5. ¿Qué va a elegir Ud.? ______________________________

Grupo 1 ______________________________

Grupo 2, 3 ó 4 ______________________________

Grupo 5 ______________________________

C4-2 ¿Qué desearía hoy? Ud. acaba de leer el menú del Restaurante Bajamar y quiere pedir la comida. Complete la conversación con el camarero.

1. CAMARERO: Buenas noches, señor/señora/señorita. ¿Qué le puedo ofrecer?

   USTED: (Tell him you don't know what to order. Ask him to return in a few minutes.)

   ____

   ____

   Unos minutos después.

2. CAMARERO: Bueno, ¿qué desearía Ud. comer?

   USTED: (Tell him what you want for your first course.)

   ____

3. CAMARERO: Muy bien. ¿Y de segundo?

   USTED: (Ask him what the house speciality is.)

   ____

4. CAMARERO: Somos famosos por los mariscos. Las gambas están estupendas hoy.

   USTED: (Ask how the shrimp are prepared.)

   ____

5. CAMARERO: En una salsa de tomate con pimiento y cebolla.

   USTED: (Ask if the shrimp dish is spicy.)

   ____

6. CAMARERO: No, no es picante. Se lo recomiendo.

   USTED: (Say if you will order the shrimp or not. If not, order a main course.)

   ____

7. CAMARERO: Muy bien. ¿Y algún postre?

   USTED: (If yes, say which one. If no, give a reason.)

   ____

8. CAMARERO: ¿Y preferiría el vino blanco o tinto?

   USTED: (Answer him or provide another alternative.)

   ____

   CAMARERO: Muy bien. Le traigo la comida en seguida.

Nombre ______________________ Fecha ______________

C4-3 El Restaurante Mariposa.

Ud. trabaja para Mariposa que es un restaurante con servicio a domicilio *(home delivery)*. Ud. necesita escribirle al jefe por correo electrónico para decirle lo que el camarero les trajo a los clientes.

Modelo la torta / al Sr. Ramírez
Le trajo la torta al Sr. Ramírez.

1. las enchiladas suizas / a la Sra. Montoya
____
2. el pollo en mole / a los Gómez
____
3. la sopa de albóndigas / al Sr. González
____
4. la ensalada mixta / a Uds.
____
5. las empanadas / a Felipe y a mí
____
6. los tacos de pollo / a Ud.
____

C4-4 Planes del restaurante.

Ud. es el (la) dueño(-a) de un restaurante en Guadalajara, México. Escríbale un mensaje a un nuevo empleado explicándole lo que debe hacer para preparar una fiesta grande para la familia Suárez.

Modelo mostrar / el menú / a los Suárez
Muéstreles el menú a los Suárez.

me nos
te os
le les

1. preguntar / a los Suárez / lo que quieren comer
____
2. explicar / al cocinero / lo que va a preparar
____
3. escribir / invitaciones / a toda la familia
____
4. traer / el vino / al Sr. Suárez
____
5. enviar / la cuenta / a la Sra. Suárez
____

C4-5 Los gustos. Explique lo que les gusta a los clientes en el Restaurante Bajamar.

Modelo a Tomás / la sopa de cebolla
A Tomás le gusta la sopa de cebolla.

1. al Dr. Higuera / la tortilla Bajamar

2. a mí / las gambas

3. a los Ramírez / el flan al caramelo

4. a ti / las ostras supergigantes

5. a mi madre y a mí / la paella especial

6. a Uds. / los huevos revueltos Bajamar

7. a Carolina / el gazpacho andaluz

8. a Ramón y a Carmen Soto / la sopa de pescado

C4-6 Mis preferencias. Complete las oraciones de una manera lógica con sus gustos y preferencias acerca de la comida y los restaurantes.

1. Me gusta(-n) ______.
2. No me gusta(-n) ______.
3. Me encanta(-n) ______.
4. Me cae(-n) mal ______.
5. Me fascina(-n) ______.
6. Me interesa(-n) ______.

Nombre ______________________________ Fecha ______________

C4-7 En el restaurante. Explique lo que pasó en el restaurante ayer. Use el imperfecto o el pretérito de los verbos según el caso.

Modelo Roberto / conocer a unos nuevos clientes
Roberto conoció a unos nuevos clientes.

1. el cocinero / saber que recibió el premio «Cocinero del Año»

____

2. Pablo / tener buenas noticias de su familia en Veracruz

____

3. Mónica / poder trabajar aunque estuvo enferma

____

4. los turistas / querer pedir el pollo en mole pero no quedaba más

____

5. el dueño / no saber los ingredientes para el plato del día

____

C4-8 Una visita a los abuelos. Su hijo(-a) de seis años va a pasar una semana en casa de sus abuelos. Escríbales una carta a los abuelos explicándoles lo que le gusta comer y beber a su hijo(-a), lo que le interesa y lo que le disgusta para que los abuelos puedan prepararse para la visita. (Su hijo(-a) tiene las mismas preferencias e intereses que Ud. tenía a los seis años.)

______________________:

____

____

____

____

____

____

____

____

____

____

____

____

_________________________,

SEGUNDA SITUACIÓN

C4-9 El único restaurante. Ud. viaja en México con un grupo. Hoy Uds. están en un pueblo muy pequeño con sólo un restaurante; desgraciadamente es malo. Dígale al mesero lo que él necesita traer a la mesa.

Modelo A un miembro del grupo le falta el utensilio para comer el helado.
Mesero, tráiganos una cucharita, por favor.

A un miembro del grupo le falta el objeto / el utensilio...

1. para cortar la carne.

____

2. para comer la sopa.

____

3. que contiene la sal.

____

4. que contiene la pimienta.

____

5. para beber el vino.

____

6. para beber el agua.

____

7. para beber el café.

____

8. para limpiarse la boca.

____

Nombre ______________________________ Fecha ______________

C4-10 ¿Qué come Ud.? Un(-a) amigo(-a) de Puebla, México, va a visitarlo(-la) a Ud. en los EE.UU. Escríbale una carta, explicándole en qué consisten las comidas típicas y cuándo se sirven, para ayudarlo(-la) a familiarizarse con las costumbres en los EE.UU.

______________________:

____

____

____

____

____

____

____

____

____

____

____

____

______________________,

C4-11 Presentaciones. ¿Qué diría Ud. en las siguientes situaciones?

1. Ud. presenta al Sr. Guzmán a la Sra. Rodríguez.

____

2. Ud. presenta a su amiga Anita a otra amiga Yolanda.

____

3. Ud. tiene que presentarse en una fiesta.

____

4. Un amigo acaba de presentarlo(-la) a Ud. a su mamá.

____

5. Ud. acaba de conocer a Gloria, una nueva compañera de clase.

____

6. En una presentación la otra persona le dice a Ud. —Mucho gusto.

____

C4-12 ¿Imperfecto o pretérito? Escoja el imperfecto o el pretérito de los verbos entre paréntesis y escriba la forma adecuada en el espacio en blanco.

1. Después del trabajo, Manuel (regresar), ____________________ a casa, (preparar) ____________________ la comida, la (comer) ____________________, (leer) ____________________ el periódico y (mirar) ____________________ la televisión.

2. Esta tarde el camarero (estar) ____________________ enfermo pero se siente bien ahora.

3. Cuando Emilio (ser) ____________________ niño, (querer) ____________________ ser cocinero.

4. Cuando Federico y yo (entrar) ____________________ en el restaurante, todos (comer) ____________________.

5. En el restaurante Xochimilco, los meseros (preparar) ____________________ mucha comida y (servir) ____________________ a muchos clientes cada día.

6. Aunque (conocer) ____________________ al dueño del restaurante Manila por muchos años, sólo (conocer) ____________________ a su familia la semana pasada.

C4-13 Anoche. Escriba un párrafo contando lo que le pasó a Ud. y cómo se sentía anoche. Use las siguientes frases en una forma afirmativa o negativa.

hacer buen tiempo	**trabajar**	**divertirse**	**preparar la comida**
comer en un restaurante	**hablar por teléfono**	**sentirse contento(-a)**	**estar cansado(-a)**
acostarse	**salir con amigos(-as)**	**¿?**	

____

____

____

____

____

____

____

Nombre ______________________________ Fecha ______________

C4-14 En la escuela culinaria.

Complete el mensaje de correo electrónico de Eduardo a su novia en el cual él describe su vida en la escuela culinaria. Según el caso, use el imperfecto o el pretérito de los verbos entre paréntesis.

Querida Teresa:

Cada día me gusta más la vida en esta escuela culinaria aunque estudio mucho. Como sabes, en la escuela secundaria yo no (estudiar) (1) ______________ mucho y tú y yo (salir) (2) ______________ casi todas las noches. Pero aquí es diferente. Tengo varias clases de ciencias exactas y también tengo que trabajar en la cocina de la escuela. Ayer (ser) (3) ______________ un día difícil para mí. Yo (tomar) (4) ______________ mi primer examen de química. Todo el fin de semana (estudiar) (5) ______________ con otros dos estudiantes de la clase. Nosotros (repasar) (6) ______________ los apuntes y (aprender) (7) ______________ de memoria muchas fórmulas. Antes del examen yo (estar) (8) ______________ muy nervioso. Después (sentirse) (9) ______________ muy deprimido *(depressed)* y (faltar) (10) ______________ a otra clase y no (poder) (11) ______________ prestar atención en una conferencia especial sobre la preparación de postres. Pero esta mañana todo va mejor. El profesor nos (devolver) (12) ______________ los exámenes y ¡me (sacar) (13) ______________ 97! Es increíble. Bueno, el grupo de estudio me llama y tengo que irme.

Muchos abrazos,

Eduardo

C4-15 Números ordinales.

Complete cada frase con el número ordinal que sigue el número dado.

Modelo el primer libro de recetas
el segundo libro de recetas

1. el sexto menú ______________
2. el segundo café ______________
3. la primera mesa ______________
4. la quinta entrada ______________
5. la octava comida ______________
6. el cuarto desayuno ______________
7. el tercer mesero ______________
8. el séptimo postre ______________

C4-16 Una comida estupenda.

Describa una comida estupenda que Ud. comió en un restaurante o en casa. Incluya información sobre lo que Ud. comió y bebió, el lugar donde comió, sus compañeros, sus sentimientos y emociones, y lo que pasó.

____

____

____

____

A recordar
Review the following situations and tasks that have been presented and practiced in this chapter.

- Read a menu from a restaurant in a Hispanic country and order from it.
- Indicate to whom and for whom actions are done.
- Express likes and dislikes about a variety of things and activities.
- Refuse, find out, and meet.
- Make introductions.
- Narrate in the past.
- Talk about people and events in a series.

EXPANSIÓN DE VOCABULARIO

DUDAS DE VOCABULARIO

hot: caliente / picante / el calor

caliente: *hot, in reference to temperature*

Este plato está muy caliente. ¡No lo agarres!	*This dish is very hot. Don't pick it up!*

picante: *hot, spicy, in reference to food*

La comida peruana es muy picante, pero sabrosa.	*Peruvian food is hot, but delicious.*

el calor: *hot, referring to weather*

Hace mucho calor. Por favor, prende el aire acondicionado.	*It's very hot. Please turn on the air conditioning.*

to try: probar / probarse / tratar (de)

probar: *to taste, to prove, or to test something*

Prueba este ceviche. No está muy picante.	*Taste this ceviche. It's not too hot.*
Él quiere probar su inocencia.	*He wants to prove his innocence.*

probarse: *to try on, as in clothes*

Voy a probarme este vestido, pero no me gusta mucho.	*I'm going to try this dress on, but I don't like it very much.*

tratar: *to handle or treat something or someone; to present or discuss something*

Por favor, trate esos muebles con mucho cuidado.	*Please, handle those pieces of furniture with much care.*
Su jefe lo trata muy bien.	*His boss treats him very well.*
El tema del aborto ni se trató durante el debate.	*The topic of abortion wasn't even discussed during the debate.*

tratar de: *to be about, to deal with*

Ese libro trata de la vida en los Estados Unidos.	*That book is about life in the United States.*

tratar de + infinitive: *to try, to make an attempt*

Voy a tratar de correr más rápido.	*I'll try to run faster.*

Práctica

C4-17 La carta de Mercedes. Complete la carta de Mercedes en la cual describe una comida en un nuevo restaurante. Use la forma apropiada de las palabras de la siguiente lista.

calor **caliente** **picante**

probar(se) **tratar (de)**

Querida Amelia:

Anoche Manolo y yo fuimos a cenar a un nuevo restaurante mexicano aquí en Los Ángeles. Hacía mucho (1) ____________________ todo el día y como el aire acondicionado no funcionaba bien, toda la casa estaba muy (2) ____________________. Por supuesto, yo no quería cocinar.

La comida estuvo riquísima. Yo (3) ____________________ las enchiladas; estaban sabrosas y no muy (4) ____________________ como en muchos restaurantes. A Manolo le gustó muchísimo el pollo en mole. Cuando yo tenga más tiempo voy a (5) ____________________ prepararlo en casa. Pero lo mejor de todo es que no es un restaurante caro y el servicio también es muy bueno; el mesero nos (6) ____________________ muy bien.

Bueno, Amelia, tengo que irme. Abrazos de tu amiga,

Mercedes

AMPLIACIÓN

Describing food

The following observations on word formation will help you understand vocabulary related to food and menu items.

1. In English, nouns are frequently used as adjectives.

   NOUN: I like *chicken.*

   NOUN USED AS ADJECTIVE: I like *chicken* soup.

   In Spanish, nouns cannot be converted into adjectives in the same way as in English. Instead, the phrase **de + noun** is used as an adjective to describe other nouns.

   NOUN: Me gusta el *pollo.*

   DE + NOUN: Me gusta el caldo de *pollo.*

2. Dishes prepared in a certain style or manner are often described with the phrase **a la + feminine adjective** which means "in the style of": **Huachinango a la veracruzana** = *Red Snapper Veracruz Style.*
3. Adjectives denoting a country, city, or region are often used to describe food: **las enchiladas suizas** = *Swiss (cheese) enchiladas.*

Práctica

C4-18 Dé el equivalente inglés para los siguientes platos.

1. paella valenciana ______
2. gazpacho andaluz ______
3. tortilla a la española ______
4. enchiladas suizas ______
5. pizza a la italiana ______

C4-19 Dé el equivalente español para los siguientes platos.

1. chicken soup ______
2. shrimp cocktail ______
3. beef tacos ______
4. ham sandwich ______
5. cheese enchiladas ______
6. chocolate cake ______
7. tomato salad ______
8. orange juice ______

Nombre ______________________________ Fecha ______________

C4-20 Complete las oraciones con el nombre de un plato.

1. Una sopa fría de Andalucía preparada con tomates, pimientos, pepinos, cebollas y ajo es el ______________.

2. Las enchiladas preparadas con crema y queso de Suiza son las ______________.

3. Un plato de Valencia preparado con arroz, pollo, pescado y mariscos es la ______________.

4. El huachinango preparado según una receta de Veracruz, México, es el ______________.

Bienvenidos a Centroamérica, Venezuela y Colombia

CBV III-1 Adivinanza. Para descubrir la palabra en la caja vertical, escriba en las líneas horizontales las palabras que corresponden a las definiciones de cada número.

1. ___ ___ ___ ___ ___ ___ ___ ___ ___
2. ___ ___ ___ ___ ___ ___ ___ ___
3. ___ ___ ___ ___ ___ ___ ___ ___ ___
4. ___ ___ ___ ___ ___ ___
5. ___ ___ ___ ___ ___
6. ___ ___ ___ ___ ___ ___
7. ___ ___ ___ ___ ___ ___ ___
8. ___ ___ ___ ___ ___ ___ ___ ___
9. ___ ___ ___ ___

1. El país más grande de Centroamérica
2. Un país entre Guatemala y Nicaragua
3. El país de Centroamérica cuya capital es San José
4. La capital de Colombia
5. Las montañas de Sudamérica
6. El país dividido por un canal
7. La capital de Venezuela
8. La industria principal de Venezuela
9. Un producto agrícola importante para la economía de varios países de la América Central y del Sur

Nombre ______________________________ Fecha ______________

CBV III-2 El mapa. Usando oraciones completas, conteste las siguientes preguntas sobre Centroamérica, Colombia y Venezuela.

1. Nombre los seis países hispanos de Centroamérica con sus capitales. ______________________________

____

____

2. Nombre las ciudades importantes de Colombia y Venezuela. ______________________________

____

____

3. ¿Cuántos habitantes tiene Centroamérica? ______________________________

____

¿Colombia? ______________________________

¿Venezuela? ______________________________

4. ¿Qué tipo de gobierno tiene Colombia? ______________________________

____

¿Venezuela? ______________________________

¿Los países de Centroamérica? ______________________________

5. ¿En qué se basa la economía de estos países? ______________________________

____

____

6. ¿Cómo son la geografía y el clima de esta región? ______________________________

____

____

Capítulo 5

En la universidad

PRIMERA SITUACIÓN

C5-1 Las facultades. ¿En qué facultad de la universidad estudiaron las siguientes personas?

Modelo Rodolfo Estrada, doctor
Estudió en la Facultad de Medicina.

1. Adela Guzmán, maestra en una escuela primaria

___

2. Carlos Pereda, arquitecto

___

3. Nicolás Azaña, ingeniero mecánico

___

4. Yolanda Mendoza, mujer de negocios

___

5. Héctor Valdés, abogado

___

6. Beatriz Ocampo, artista

___

7. Gustavo Rivas, profesor de literatura francesa

___

Nombre ______________________________ Fecha ______________

C5-2 Las expresiones del (de la) profesor(-a). Combine las frases del (de la) profesor(-a) con la situación en la cual él (ella) las usa.

1. _____	Escuchen.	**a.** antes de hacer unos ejercicios en el libro
2. _____	Saquen una hoja de papel y un lápiz.	**b.** al final de una clase
3. _____	Abran sus libros.	**c.** antes de hacerles preguntas a los estudiantes
4. _____	De tarea tienen que estudiar el vocabulario.	**d.** antes de un examen
5. _____	Hablen más bajo.	**e.** antes de oír un diálogo nuevo
6. _____	Contesten.	**f.** todos los alumnos hablan

C5-3 ¿Qué diría Ud.? Ud. es un(-a) estudiante de intercambio en Managua, Nicaragua. Indique lo que Ud. preguntaría o contestaría en las siguientes situaciones.

1. Ud. está en una clase de física y el profesor acaba de explicar un problema difícil. Ud. no entiende bien su explicación.

   ____

2. Su profesora de español le dice que escriba un informe pero Ud. necesita más información sobre la tarea.

   ____

3. Ud. necesita la palabra española para *to register.*

   ____

4. Su profesor de historia habla muy rápidamente y Ud. no lo entiende bien.

   ____

5. Su profesora de literatura moderna le hace una pregunta a Ud. pero Ud. no leyó la tarea anoche.

   ____

6. En su clase de cálculo el profesor le hace una pregunta que Ud. no entiende.

   ____

C5-4 Mi universidad. Diga qué edificios hay en su universidad e indique dónde están.

1. ____ al lado de

   ____ .

2. El Laboratorio de Lenguas está ______________________________

   ____ .

3. ____ está

enfrente de la biblioteca.

4. Detrás de ____

hay ____ .

5. La universidad está cerca de ____ .

6. El Centro Estudiantil está entre ____

y ____ .

C5-5 Mi cuarto.

Describa su cuarto en la universidad o en casa usando las siguientes preposiciones.

al lado de	**debajo de**	**entre**
alrededor de	**dentro de**	**sobre**
contra	**enfrente de**	

____

____

____

____

____

____

C5-6 El curso para extranjeros.

José Luis es de San José, Costa Rica, y les escribe a sus padres describiendo sus experiencias en un curso para extranjeros en Santa Bárbara, California. Complete las oraciones con ***por*** o ***para*** según el caso.

Queridos padres:

(1) ____________ fin tengo tiempo (2) ____________ escribirles a Uds. Todo va bien y me gusta mucho este programa (3) ____________ extranjeros. Mi compañero de cuarto es de Colorado y habla español muy bien (4) ____________ ser estadounidense.

Cada día estudio mucho. (5) ____________ la mañana asisto a mis clases y (6) ____________ la tarde practico en el laboratorio de lenguas. Durante el día no tenemos tiempo (7) ____________ divertirnos, pero (8) ____________ la noche vamos al cine o a una discoteca.

Muchas gracias (9) ____________ el dinero que me enviaron antes. Tuve que pagar $450,00 (10) ____________ mis libros este semestre. (11)¡ ____________ eso, necesité el dinero! Bueno, tengo que terminar un informe (12) ____________ la clase de inglés. Los llamaré a Uds.(13) ____________ teléfono este fin de semana.

Muchos abrazos de su hijo,

José Luis

C5-7 En la residencia. Después de una reunión del Club Internacional, muchas personas olvidaron cosas personales. Conteste las preguntas del presidente del club acerca de los objetos olvidados.

Modelo Este suéter rojo. ¿De Carmen?
Sí, es de ella.

1. Los libros de química. ¿De Ramón?

____

2. El cuaderno grande. ¿De la profesora Méndez?

____

3. Los discos. ¿De Raúl y Carolina?

____

4. Las raquetas de tenis. ¿De tus compañeras de clase?

____

SEGUNDA SITUACIÓN

C5-8 Curso para extranjeros. Dé un vistazo a la información que sigue. ¿Cuál es el tema central? ¿Cuáles son los temas secundarios?

____

____

____

____

XXXII CURSO DE LENGUA Y CULTURA ESPAÑOLAS PARA EXTRANJEROS

PROGRAMA

— **Clases.** Las enseñanzas se impartirán por la mañana de lunes a viernes, incluyendo clases de lengua española (30 horas) y actividades complementarias (20 horas), con el siguiente horario:

HORARIO	De lunes a viernes	N.º de horas
De 9 a 10	Lengua Española	15
De 10 a 11	Prácticas de español	15
Desde 11,30	Actividades complementarias	20
	TOTAL	50

— El primer día del Curso se realizará una prueba escrita para distribuir a los alumnos, según su conocimiento de la lengua española, en los siguientes niveles:

1. Principiante
2. Elemental
3. Medio
4. Superior

— **Actividades complementarias.**

Conferencias, coloquios, seminarios, audiciones y proyecciones sobre los temas objeto de estudio en las clases y sobre aspectos generales de la cultura española.

— **Actos culturales y recreativos.**

1. Visitas a museos y monumentos.
2. Actuaciones teatrales y musicales en la ciudad.
3. Excursiones a lugares de particular interés.

RECEPCIÓN

El día 2 de agosto tendrá lugar la recepción en el Edificio de la Universidad de Barcelona, realizándose de 10 a 12 de la mañana la prueba para evaluar los conocimientos de español de los alumnos y clasificarlos según los niveles previstos.

continúa en la próxima página

Nombre ______________________ Fecha ______________

CERTIFICADOS

El día 25 de agosto se clausurará el Curso y se entregarán los Certificados Académicos Personales a los alumnos que hayan asistido con asiduidad.

OTROS SERVICIOS

— **Alojamiento.** Los alumnos interesados podrán disponer de alojamiento y desayuno en el Colegio Mayor "Sant Jordi", situado en la calle Maestro Nicolau, 13 - 08021 Barcelona.

Esta Residencia ofrece además:
- Servicio de comedor.
- Servicio médico ordinario.
- Horario flexible de entradas y salidas, respetando la convivencia.

— **Deportes.** el alumno del Curso podrá acceder a las Instalaciones Deportivas de la Universidad de Barcelona.

— **Biblioteca y otros servicios.** Igualmente tendrán acceso a la Biblioteca General de la Universidad, así como a los demás Servicios Universitarios.

— **Seguro de Accidentes.** Los alumnos tendrán cubierto el riesgo de accidentes mediante póliza con una Compañía Internacional de Seguros.

Lea la información sobre el curso para extranjeros y conteste las preguntas.

1. ¿Cuántas horas de clase de lengua española hay por semana? ______________________

   ____

   ¿Qué días hay clase? ______________________

   ____

   ¿A qué hora son las clases? ______________________

   ____

2. ¿Cuántos niveles de cursos hay? ______________________

   ¿Cuáles son? ______________________

   En su opinión, ¿cuál es su nivel de conocimiento? ______________________

3. ¿Cuáles son las actividades complementarias? ______________________________

____

4. ¿Qué tipo de diversiones hay? ______________________________

____

5. ¿Cuándo es la recepción de estudiantes nuevos? ______________________________

____

¿Cuándo es el examen para evaluar los conocimientos de español de los estudiantes nuevos?

____

6. ¿Qué título recibirán los estudiantes? ______________________________

____

7. ¿Qué servicios ofrece la residencia estudiantil? ______________________________

____

8. ¿Qué otros servicios ofrece el programa? ______________________________

____

C5-9 ¿Qué tiempo hace? Un amigo suyo que vive en Guatemala quiere asistir a una universidad en los EE.UU. pero sólo quiere vivir en un lugar con un clima casi perfecto, como el de Guatemala. Escríbale explicando qué tiempo hace en las siguientes universidades.

1. la Universidad de Hawaii

____

2. la Universidad de Alaska en enero

____

3. la Universidad de Chicago en marzo

____

4. la Universidad de Miami en el verano

____

5. su universidad

____

Nombre ______________________ **Fecha** ____________

C5-10 El subjuntivo. Escriba la primera persona singular (yo) del presente del subjuntivo para los siguientes infinitivos.

1. tomar tome
2. escribir escriba
3. ser sea
4. saber sepa
5. salir salga
6. hacer haga
7. pagar pague
8. poder pueda
9. dormir duerma
10. volver ~~vo~~ vuelva
11. comer coma
12. ir vaya
13. dar dé
14. estar esté
15. buscar busque
16. conocer conozca
17. pedir pida
18. poner ponga
19. tener tenga
20. divertirse me divierta

C5-11 ¿Qué quieren los profesores? Complete la siguiente oración, usando los sujetos dados con el verbo *estudiar* y después con *aprender*.

Modelo Los profesores quieren que / los alumnos
Los profesores quieren que los alumnos estudien y aprendan.

1. tú

Los profesores quieren que tú estudies/aprendas.

2. Raquel

Los profesores quieren que Raquel estudie/aprenda.

3. yo

Los profesores quieren que yo estudie/aprenda.

4. Manolo y yo

Los profresore quieren que estudiemos/aprendamos

5. Uds.

estudien/aprendan

6. todos los alumnos

estudien/aprendan

C5-12 Claudia, una estudiante floja. Claudia es una estudiante floja y parece que no va a graduarse. Exprese sus deseos y consejos acerca de los estudios de Claudia formando oraciones con una de las siguientes frases: ***quiero que, espero que, es necesario que.***

Modelo Claudia no estudia mucho.
Es necesario que / Quiero que / Espero que Claudia estudie mucho.

1. Claudia no asiste a sus clases cada día.

   Espero que Claudia asista a sus clases cada día.

2. No sigue las recomendaciones de sus profesores.

   Quiero que Claudia siga las rocomendaciones de sus profesores.

3. No toma apuntes en clase.

   Quiero que Claudia tome apuntes en clase.

4. Sale por la noche en vez de estudiar.

   Quiero que Claudia no salga por la noche en vez de estudiar.

5. No entrega su tarea a tiempo.

   Quiero que Claudia entregue su tarea a tiempo.

6. No presta mucha atención en clase.

   Quiero que Claudia preste mucha atención en clase.

7. No cumple con los requisitos.

   Quiero que Claudia cumpla con los requisitos.

C5-13 La dieta de Claudia. Además de ser una estudiante floja, Claudia no come bien. Exprese sus recomendaciones acerca de la dieta de Claudia.

Modelo Claudia come mucha comida rápida.
Le recomiendo (a Claudia) que no coma mucha comida rápida.

1. Claudia no incluye frutas en su dieta.

   ____

2. Siempre escoge pasteles en la cafetería estudiantil.

   ____

3. No almuerza generalmente.

   ____

4. Siempre pide papas fritas o pizza.

____

5. Toma muchas bebidas alcohólicas.

____

6. No sabe mucho de nutrición.

____

C5-14 Deseos y consejos.

Exprese sus deseos y consejos acerca de la vida de sus amigos o miembros de su familia.

1. Quiero que ____
____.

2. Ojalá que ____
____.

3. Espero que ____
____.

4. Le(-s) aconsejo a ______________________ que ______________________________
____.

5. Insisto en que____
____.

C5-15 Comparaciones.

Compare las siguientes cosas según el modelo.

Modelo la comida en casa / la comida en la universidad (sabroso)
La comida en casa es más sabrosa que la comida en la universidad.

1. mi cuarto en casa / mi cuarto en la residencia estudiantil (cómodo)

____

2. los estudiantes / los profesores (viejo)

____

3. los cursos obligatorios / los cursos electivos (divertido)

____

4. los cursos de este semestre / los cursos del semestre pasado (difícil)

____

5. las actividades universitarias / las actividades de la escuela secundaria (bueno)

____

C5-16 Mi familia y yo. Compárese con miembros de su familia en varias categorías.

Modelo la estatura *(height)*
Soy más alto(-a) que mi hermana, pero soy menos alto(-a) que mi padre.

1. la inteligencia ____

____

2. el peso *(weight)* ____

____

3. la estatura ____

____

4. el estado físico ____

____

5. la simpatía *(congeniality)* ____

____

A recordar

Review the following situations and tasks that have been presented and practiced in this chapter.

- Describe the university, its courses, classes, and structure in your own and Hispanic culture.
- Describe university life in your own and Hispanic culture.
- Function within the classroom by asking questions of your instructor and responding to his/her commands.
- Talk about the weather.
- Indicate the location of persons and objects.
- Indicate purpose and time.
- Indicate the recipient of something.
- Express hopes, desires, and requests.
- Make comparisons.

Nombre ______________________ Fecha ______________

EXPANSIÓN DE VOCABULARIO

DUDAS DE VOCABULARIO

school: la escuela primaria / el colegio / el liceo / la universidad

la escuela primaria: *a grammar or elementary school*

Jorge tiene seis años y va a la escuela primaria. *Jorge is six years old and goes to elementary school.*

el colegio: *a private educational institution that offers an elementary and high school education. In some countries,* **el colegio** *refers just to a high school.*

¿A qué colegio vas? *What school do you go to?*

Al San Jorge de Miraflores. *Saint George's School in Miraflores.*

el liceo: *a public high school in most countries*

Cuando termine el sexto grado, iré al liceo Andrés Bello. *When I finish sixth grade, I'll go to Andrés Bello High School.*

la universidad: *a college or university*

Yo quiero ir a la Universidad Nacional Autónoma de México para estudiar economía. *I want to go to the Universidad Nacional Autónoma de México to study economics.*

dormitory / residence / bedroom: la residencia (estudiantil) / el dormitorio

la residencia: *used in the phrase* **lugar de residencia** *it means city or area of residence.*

—¿Cuál es tu lugar de residencia? *Where do you live?*

—Guadalajara, México. *Guadalajara, Mexico.*

la residencia *can also be used as a synonym of home, but it has the connotation of a big and luxurious house.*

La fiesta se llevó a cabo en la residencia de los López. *The party took place at the López residence.*

la residencia estudiantil: *student dormitory or residence hall*

—¿En qué residencia estudiantil vives tú? *What dorm do you live in?*

—En Bishop Hall. *In Bishop Hall.*

el dormitorio: *bedroom*

Aquella casa tiene cuatro dormitorios y tres baños. *That house has four bedrooms and three bathrooms.*

faculty / school / college: la facultad / el profesorado

la facultad: *a college or school within a university*

Susana trabaja en la Facultad de Filosofía y Letras y su hermana estudia en la Facultad de Ciencias. *Susana works in the College of Liberal Arts, and her sister studies in the College of Sciences.*

el profesorado: *the teaching staff of an educational institution*

El Dr. Álvarez forma parte del profesorado de la Universidad Nacional Autónoma de México. — *Dr. Álvarez is a faculty member of the Universidad Nacional Autónoma de México.*

Práctica

C5-17 ¿Qué palabra pertenece? Complete cada oración de la columna a la izquierda con la letrade una frase de la derecha.

1. Mi hijo Jorge tiene seis años y asiste a ________ .
2. A los Gómez no les gusta la idea de una educación privada. Por eso, su hijo de dieciséis años asiste a ________ .
3. Los Mendoza creen que la enseñanza en las escuelas públicas es inferior. Por eso sus niños asisten a ________ .
4. Diego quiere hacerse médico; ahora estudia en ________ de Medicina en la Universidad de Texas.
5. Ángela asiste a la Universidad de California. Vive en ________ porque la universidad está lejos de su casa.
6. El hermano de Ángela vive en un apartamento porque prefiere ________ privado.
7. ________ de la universidad está de huelga y nadie va a enseñar. Dicen que la universidad no les paga bien.

a. el profesorado
b. la escuela
c. un liceo
d. un dormitorio
e. una escuela primaria
f. una residencia estudiantil
g. un colegio
h. la Facultad
i. la universidad

AMPLIACIÓN

Courses of study

Many vocabulary words pertaining to courses of study and university activities can be grouped into the following categories based on word formation.

1.	*-y*	=	**-ía**
	anatomy	=	**la anatomía**

Other words of this type include **la astronomía, la economía, la filosofía, la geografía, la geometría, la trigonometría.**

2.	*-ology*	=	**-ología**
	sociology	=	**la sociología**

Other words of this type include **la biología, la fisiología, la geología, la sicología.**

3.	**-ar** verb	→ noun ending in **-ción**
	investigar	→ **la investigación**

Nombre ______________________ Fecha ______________

Práctica

C5-18 Dé la forma inglesa de las siguientes palabras.

1. la filosofía ______________________
2. la astronomía ______________________
3. la trigonometría ______________________
4. la geología ______________________
5. la sicología ______________________
6. la fisiología ______________________

C5-19 Dé el sustantivo español basado en el infinitivo. Luego dé el sustantivo inglés.

	SUSTANTIVO ESPAÑOL	SUSTANTIVO INGLÉS
1. comunicar	______________	______________
2. educar	______________	______________
3. especializarse	______________	______________
4. organizar	______________	______________
5. administrar	______________	______________
6. recomendar	______________	______________
7. programar	______________	______________
8. interpretar	______________	______________

C5-20 Complete las oraciones con el sustantivo apropiado.

1. El estudio de las estrellas y el cielo es la ______________________.
2. El estudio del cuerpo humano es la ______________________.
3. El estudio de la personalidad es la ______________________.
4. El estudio de las obras de personas como Sócrates y Platón es la ______________________.
5. El estudio de las sociedades y las culturas es la ______________________.
6. El estudio de las computadoras es la ______________________.
7. Para trabajar en la radio o la televisión es necesario estudiar las ______________________.
8. Para hacerse hombre o mujer de negocios es necesario estudiar la ______________________ de empresas.

Capítulo 6

En casa

PRIMERA SITUACIÓN

C6-1 Mi primer apartamento. Después de una semana en su primer apartamento, Ud. se da cuenta de que hay mucho desorden. Escriba una lista de todos los quehaceres domésticos que Ud. necesita hacer para tener un apartamento bien arreglado. Al lado del quehacer escriba el nombre del (de los) aparato(-s) *(equipment)* que necesita para hacer el trabajo. Recuerde: Use el infinitivo para preparar una lista de actividades.

Nombre ______________________________ Fecha ______________

C6-2 Un(-a) compañero(-a) perezoso(-a). Su compañero(-a) de cuarto es bastante perezoso(-a), pero Ud. necesita su ayuda para arreglar el apartamento. Usando su lista de **Práctica C6-1**, decida cuáles de los quehaceres él/ella puede hacer. Como Ud. tiene que ir a clase, escríbale una nota diciéndole qué hacer. Ud. tiene que ser muy amable porque necesita su cooperación.

______________________ :

____

____

____

____

____

____

____

____

____

____

______________________ ,

C6-3 Los mandatos familiares. Complete la siguiente tabla con el mandato familiar afirmativo y negativo para los infinitivos dados.

MANDATO FAMILIAR AFIRMATIVO	MANDATO FAMILIAR NEGATIVO
1. lavar ______________	______________
2. barrer ______________	______________
3. sacudir ______________	______________
4. cerrar ______________	______________
5. volver ______________	______________
6. repetir ______________	______________
7. decir ______________	______________
8. venir ______________	______________

9. hacer ______________________ ______________________

10. poner ______________________ ______________________

11. salir ______________________ ______________________

12. ser ______________________ ______________________

C6-4 Su hijo(-a). Su hijo(-a) de cinco años necesita aprender a ayudarlo(-la) con los quehaceres. Dele consejos según el modelo.

Modelo no lavar la pared / lavar los platos
No laves la pared. Lava los platos.

1. no poner la televisión / poner la mesa

____

2. no hacer un sándwich / hacer la cama

____

3. no regar la alfombra / regar las plantas

____

4. no tener prisa / tener paciencia

____

5. no ser tonto(-a) / ser amable

____

6. no jugar ahora / colgar la ropa

____

C6-5 ¡Qué desorden! Su hijo vive en el apartamento de **Práctica C6-1**. Ud. acaba de recibir una foto de su apartamento. Escríbale un mensaje de correo electrónico, diciéndole lo que debe hacer para arreglarlo todo antes de su visita. Use mandatos familiares.

____:

____

____

____

____

____

Nombre ______________________ Fecha ______________

____

____

____

____

____

______________________ ,

C6-6 Las Torres. Maribel vive en el edificio de apartamentos Las Torres I; Clara vive en Las Torres II. Todos los apartamentos son iguales. Compare el apartamento de Maribel con el de Clara.

Modelo El apartamento de Maribel es grande.
El apartamento de Clara es tan grande como el apartamento de Maribel.

1. El apartamento de Maribel es muy lindo.

____

2. Maribel limpia su apartamento regularmente.

____

3. El apartamento de Maribel tiene mucha luz.

____

4. El apartamento de Maribel tiene dos dormitorios.

____

5. El apartamento de Maribel tiene ocho ventanas.

____

6. El apartamento de Maribel tiene mucho espacio.

____

C6-7 En la tienda de muebles. Complete la siguiente conversación entre el dependiente y un cliente en una tienda.

Modelo Dependiente: ¿Quisiera ver esta mesa? (allí)
Cliente: **No, prefiero aquélla.**

1. ¿Quisiera Ud. ver esa cama? (allí)

____

2. ¿Quisiera Ud. ver aquellas sillas? (aquí)

____

3. ¿Quisiera Ud. ver esta alfombra? (ahí)

____

4. ¿Quisiera Ud. ver ese sofá? (allí)

____

5. ¿Quisiera Ud. ver estos sillones? (ahí)

____

SEGUNDA SITUACIÓN

C6-8 Asociaciones. Escoja la palabra que no pertenece al grupo y explique por qué.

1. anunciar rescatar informar entrevistar

____

____

2. un terremoto una inundación un asesinato un incendio

____

____

3. el asesinato el delito el crimen la cárcel

____

____

4. el reportero el abogado el testigo el juez

____

____

5. las elecciones la campaña la manifestación elegir

____

____

Nombre ______________________________ **Fecha** ______________

C6-9 Un pueblo rural. Silvia Rivas vive en un pueblo rural de Colombia. Ella ha visto una guía de televisión de los EE.UU. pero hay muchas cosas que no comprende. Por eso ella le pide a Ud. que le escriba una definición de estas cosas.

1. *Survivor* ______________________________

2. *Saturday Night Live* ______________________________

3. *Jeopardy* ______________________________

4. a mini-series ______________________________

5. a talk show ______________________________

C6-10 Eres muy amable. ¿Qué les escribiría a las siguientes personas?

1. Un(-a) amigo(-a) le da una botella de champán para celebrar su cumpleaños.

2. Su compañero(-a) de cuarto insiste en ayudarlo(-la) con su tarea de química pero Ud. no quiere que lo haga.

3. Su madre le envía una caja de sus galletas *(cookies)* favoritas.

4. Su compañero(-a) de cuarto ofrece limpiar todo el apartamento porque Ud. no se siente bien.

____

____

5. Su mamá piensa que Ud. trabaja demasiado y ofrece lavar y planchar su ropa.

____

____

C6-11 Usos del subjuntivo. Dibuje un círculo alrededor de las expresiones que requieren el uso del subjuntivo en la cláusula que sigue.

es necesario	**es terrible**	**creer**	**sentarse**
es verdad	**tal vez**	**sin embargo**	**es bueno**
es importante	**no pensar**	**es posible**	**dudar**
tener miedo de	**es ridículo**	**alegrarse de**	**tener calor**
es mejor	**es frecuente**	**negar**	**es imposible**

C6-12 Opiniones. Usando una frase de negación, emoción, duda o juicio, exprese su opinión acerca de las ideas escritas a continuación.

Modelo Todos los programas de la televisión son buenos.
Dudo / No creo / Es dudoso que todos los programas de la televisión sean buenos.

1. Los políticos gastan demasiado dinero en sus campañas electorales.

____

____

2. Siempre elegimos al mejor candidato.

____

____

3. Las guerras no resuelven nada.

____

____

4. Hay mucho crimen en los EE.UU.

____

____

5. Podemos eliminar el crimen con más cárceles.

____

____

6. Las leyes ayudan más a los criminales que a las víctimas.

____

____

7. En algunos países arrestan a los participantes de las manifesaciones políticas.

____

____

C6-13 Opiniones. Complete las siguientes oraciones para expresar sus opiniones sobre las actividades de compañeros, amigos o miembros de su familia.

1. Me alegro que ____

____

2. Tengo miedo que ____

____

3. Dudo que ____

____

4. Es bueno que ____

____

5. Es ridículo que ____

____

C6-14 Los artículos definidos. Escriba el artículo definido que corresponde al sustantivo.

1. ______________	padre	7. ______________	madre
2. ______________	niñas	8. ______________	hombres
3. ______________	situación	9. ______________	problema
4. ______________	universidades	10. ______________	mano
5. ______________	clase	11. ______________	día
6. ______________	mapa	12. ______________	viernes

C6-15 Un servicio de limpieza. Ud. es el (la) dueño(-a) de un servicio de limpieza doméstico. Complete las instrucciones para su nueva empleada con *el, la, los, las.*

Mañana Ud. necesita salir temprano para ir a (1) ______________ casa de la familia Gómez para limpiarla. Como Ud. no conoce bien (2) ______________ ciudad, debe usar (3) ______________ mapa que está encima de su escritorio. Al llegar a (4) ______________ casa de los Gómez, sacuda (5) ______________ muebles de (6) ______________ sala. Después, pase (7) ______________ aspiradora en (8) ______________ primer piso y en (9) ______________ dormitorios de (10) ______________ segundo piso. Luego, limpie todos (11) ______________ baños, haga (12) ______________ camas y lave (13) ______________ platos y (14) ______________ ropa. En esta familia hay cinco hijos; así que (15) ______________ cocina siempre está muy sucia. Primero, limpie (16) ______________ refrigerador y (17) ______________ fregadero. (18) ______________ esponjas y (19) ______________ trapos están debajo de (20) ______________ fregadero. Barra (21) ______________ piso y no se olvide de sacar (22) ______________ basura.

C6-16 Una vida mejor. Explique lo que es necesario e importante que hagan sus amigos o los miembros de su familia para que su vida sea mejor. Incluya sus opiniones sobre su vida actual *(current).*

____

____

____

____

____

____

____

____

Nombre ______________________________ Fecha ______________

____

____

____

____

____

____

A recordar

Review the following situations and tasks that have been presented and practiced in this chapter.

- Describe a house or apartment; list the rooms and the furniture and appliances in each room.
- Enlist the help of others.
- Tell family members and friends what to do.
- Compare people and things with equal qualities.
- Point out people and things.
- Discuss television programs.
- Express polite dismissal.
- Express judgment, doubt, and uncertainty.
- Talk about people and things.

EXPANSIÓN DE VOCABULARIO

DUDAS DE VOCABULARIO

to take: tomar / sacar / llevar / coger

tomar: *to take, to drink*

Vamos a tomar el autobús de las tres.	*We're going to take the three o'clock bus.*
Si quieres mejorarte, tienes que tomar este remedio.	*If you want to get better, you have to take this medicine.*
Tengo mucha sed. Tengo que tomar un poco de agua.	*I'm very thirsty. I have to drink some water.*

sacar: *to take out*

Por favor, saca la basura.	*Please take out the garbage.*

llevar: *to take something or somebody from one place to another*

¿Qué vas a llevar a la fiesta de Rosalía?	*What are you going to take to Rosalía's party?*

coger: *to take, to seize*

En la oficina del médico cogí una revista y esperé pacientemente.	*At the doctor's office, I took a magazine and waited patiently.*

television: la televisión / la tele / el televisor

la televisión: *television*

¿Vas a mirar la televisión?	*Are you going to watch television?*

la tele: *TV*

Ella se pasa toda la tarde mirando la tele.	*She spends all afternoon watching TV.*

poner la tele: *to turn on the TV*

Por favor, pon la tele. Ahora dan mi programa favorito.	*Please turn on the TV.* *They are showing my favorite program now.*

el televisor: *TV set*

¡Ay! ¿Qué voy a hacer? Mi televisor no funciona.	*Oh! What am I going to do?* My *TV set doesn't work.*

to raise: levantar / alzar / criar / cultivar / crecer

levantar / alzar: *to raise, to lift*

¿Puedes levantar / alzar esa caja, por favor? Pesa mucho para mí.	*Could you please lift that box?* *It's very heavy for me.*

criar: *to raise, bring up children; to raise animals*

Ellos adoptaron a los hijos de su hermana y los criaron.	*They adopted his sister's children* *and raised them.*
Ellos crían toda clase de animales en su casa.	*They raise all kinds of animals at their house.*

cultivar: *to grow plants*

Quisiera tener una huerta en mi casa y cultivar tomates y lechugas.	*I'd like to have a garden at my house* *and grow tomatoes and lettuce.*

crecer: *to grow*

Los niños crecen rápidamente. Antes que uno se dé cuenta ya son más altos que sus padres.	*Children grow up very fast. Before* *you know it, they are taller* *than their parents.*

Práctica

C6-17 La telenovela favorita de Bárbara. Complete el siguiente párrafo con la forma adecuada de una palabra de la lista para aprender más de la telenovela favorita de Bárbara.

poner la tele(visión)	**la tele(visión)**	**el televisor**	**levantar**
crecer	**criar**	**cultivar**	

Todas las tardes a las tres en punto (1) ____________________ para mirar mi telenovela favorita. Es la historia de una mujer que adoptó a los hijos de sus vecinos muertos y los (2) ____________________. Ella es muy pobre y no puede comprar comida. Por eso (3) ____________________ animales, como ovejas y cerdos, y también (4) ____________________ legumbres y frutas en su jardín. Sus hijos siempre necesitan ropa nueva porque (5) ______________________ rápidamente. Es muy triste. Mi compañera de cuarto también mira (6) ______________________ por la tarde pero prefiere otro programa. Creo que necesitamos comprar otro (7) ______________________ .

AMPLIACIÓN

The adjective endings *-al, -ario, -ista*

1. SUFFIX	**-al**	=	*-al*
	nacional	=	*national*

Adjectives ending in **-al** add **-es** to become plural: **un desastre local; las noticias locales.**

2. SUFFIX	**-ario**	=	*-ary*
	ordinario	=	*ordinary*

Adjectives ending in **-ario** have four forms to agree in number and gender with the noun modified.

3. SUFFIX	**-ista**	=	*-istic, -ist*
	optimista	=	*optimistic, optimist*

The suffix **-ista** is both masculine and feminine; the plural form ends in **-s: el hombre optimista, la mujer optimista.** In certain cases the **-ista** ending is used for both nouns and adjectives.

Tienen un gobierno **socialista.**	*They have a socialist government.*
Su presidente es **socialista.**	*Their president is a socialist.*

Práctica

C6-18 Dé la forma inglesa de las siguientes palabras.

1. internacional ______________________
2. local ______________________
3. comercial ______________________
4. extraordinario ______________________
5. primario ______________________
6. pesimista ______________________
7. realista ______________________
8. comunista ______________________

C6-19 Dé la forma española de las siguientes palabras.

1. national ______________________
2. electoral ______________________
3. commercial ______________________
4. contrary ______________________
5. secondary ______________________
6. idealistic ______________________
7. optimistic ______________________
8. capitalistic ______________________

C6-20 Complete las oraciones con la forma adecuada de un adjetivo terminando en ***-al, -ario*** o ***-ista.***

1. Cada cuatro años hay una campaña ______________ en los EE.UU.
2. En el periódico *USA Today* nos cuentan las noticias ______________ e ______________ . Pero hay pocas noticias ______________ .
3. China es un país ______________ .
4. A Paco le gusta ver las cosas tal como son; es muy ______________ .
5. El Sr. Gómez siempre está deprimido y triste; nunca tiene esperanza de mejorarse. Es muy ______________ .
6. Pero la Sra. Gómez es alegre y divertida; siempre cree que la vida es buena. Es ______________ .

Nombre ______________________________ Fecha ____________

Bienvenidos a Bolivia, Ecuador y Perú

CBV IV-1 Adivinanza. Para descubrir la palabra en la caja vertical, escriba en las líneas horizontales las palabras que corresponden a las definiciones de cada número.

1. ___ ___ ___ [___] ___ ___ ___
2. ___ ___ [___] ___
3. ___ ___ ___ ___ ___ [___] ___ ___
4. ___ ___ ___ ___ [___]
5. ___ ___ ___ ___ [___] ___ ___ ___
6. ___ ___ ___ ___ ___ ___ ___ [___] ___
7. ___ ___ ___ ___ [___] ___ ___ ___ ___
8. ___ [___] ___ ___ ___ ___

1. La línea geográfica que pasa al norte de Quito
2. La capital del Perú
3. El lago navegable más alto del mundo
4. La capital de Bolivia
5. La moneda del Perú
6. La región árida y alta en los Andes de Bolivia
7. Una ciudad grande en el Ecuador
8. Un producto importante de Bolivia

CBV IV-2 El mapa. Usando oraciones completas conteste las siguientes preguntas sobre Bolivia, el Ecuador y el Perú.

1. Describa la geografía de Bolivia. ______________________________

____

____

2. Describa la geografía del Ecuador. ______

______

______

3. Describa la geografía del Perú. ______

______

______

4. ¿Cuántos habitantes hay en cada uno de los tres países? ______

______

______

5. ¿Cuál es la moneda de cada uno de los tres países? ______

______

______

6. ¿Cuáles son los productos principales de Bolivia? ¿del Ecuador? ¿del Perú? ______

______

______

______

Nombre ______________________________ Fecha ______________

Capítulo 7

De compras

PRIMERA SITUACIÓN

C7-1 Algunas tiendas. Ud. trabaja en la Oficina de Estudiantes Extranjeros de la universidad. Muchos alumnos le escriben a Ud. por correo electrónico pidiendo los nombres de lugares donde pueden comprar varios artículos. Deles el nombre de un lugar donde pueden encontrar los artículos deseados.

Modelo Necesito zapatos para el invierno.
Ve a la Zapatería Carmen.

Necesito comprar...

1. un regalo para la boda de mi primo.

____

2. un par de botas.

____

3. una mesa y dos sillas para mi apartamento.

____

4. un regalo para el cumpleaños de mi hermanita.

____

5. mucha ropa, pero tengo poco dinero.

____

6. una blusa elegante para mi mamá.

____

7. unos aretes nuevos.

____

C7-2 De compras. Ud. está de compras en una boutique. Complete la conversación con la dependienta.

1. DEPENDIENTA: Buenas tardes, señor / señora / señorita. ¿En qué puedo servirle?
   USTED: (Explain that you're looking for a birthday gift for your brother / sister.)

   ____

2. DEPENDIENTA: Acabo de recibir unas lindas chaquetas de Italia.
   USTED: (Say that they are not appropriate. Ask to see the sweater in the window.)

   ____

3. DEPENDIENTA: Sí, cómo no. Aquí lo tiene.
   USTED: (Ask the price.)

   ____

4. DEPENDIENTA: Ochenta dólares americanos.
   USTED: (Explain that you think the sweater is of good quality, but you'd like something less expensive.)

   ____

   ____

5. DEPENDIENTA: Bueno, ¿qué le parece este suéter aquí?
   USTED: (Say that you like it. Ask the price.)

   ____

6. DEPENDIENTA: Mucho menos que el otro. Cuesta sólo cuarenta dólares americanos. Está en oferta.
   USTED: (Say that's fine. You'll take it.)

   ____

7. DEPENDIENTA: ¿Desearía Ud. alguna otra cosa?
   USTED: (Say no, that's all.)

   ____

8. DEPENDIENTA: Aquí lo tiene. Pase por la caja, por favor.
   USTED: (Say thank you and take leave.)

   ____

Nombre ______________________________ Fecha ______________

C7-3 Los gerundios (*present participles*). Escriba el gerundio que corresponda al infinitivo.

1. comprar ______________
2. decidir ______________
3. pedir ______________
4. probarse ______________
5. divertirse ______________
6. escoger ______________
7. leer ______________
8. dormir ______________
9. oír ______________
10. traer ______________

C7-4 En Quito. Explique lo que los miembros de la familia Tamayo están haciendo durante su visita al Ecuador.

Modelo Carlos / caminar por un parque
Carlos está caminando por un parque.

1. el abuelo / leer una guía sobre Quito.

____

2. Magdalena / escribirles tarjetas postales a sus amigos

____

3. Héctor / visitar la catedral

____

4. los padres / comer en un restaurante de lujo

____

5. la abuela / quejarse del calor

____

6. todos / divertirse

____

C7-5 ¿Qué estaban haciendo? Explique lo que las siguientes personas estaban haciendo ayer a las tres de la tarde en el centro comercial.

Modelo Ricardo / trabajar
Ricardo estaba trabajando.

1. Teresa / oír música rock

____

2. tú / escoger un regalo para tu amigo

____

3. yo / hacer compras

____

4. Manuel y yo / devolver un suéter

____

5. Uds. / sentarse a comer

____

6. Elena / probarse un vestido

____

C7-6 Marilisa, la niña mimada.

Marilisa tiene once años y es una niña mimada *(spoiled)*. Sólo pide lo mejor. Ayúdela a escribir su lista de Navidad.

Modelo vestido / elegante / almacén
Quiero el vestido más elegante del almacén.

1. regalos / caro / ciudad

____

2. pulsera / lindo / joyería

____

3. botas / bueno / zapatería

____

4. collar de oro / grande / boutique

____

5. aretes / fino / tienda

____

Nombre ________________________________ Fecha ____________________

C7-7 Querida Julia. Mariana es una estudiante de intercambio en La Paz, Bolivia, y le escribe una carta a su amiga Julia describiéndole una fiesta. Complete la carta con la forma adecuada del artículo definido. Si el artículo no es obligatorio, escriba 0 en el espacio.

Querida Julia:

¡Qué cansada estoy! Anoche fui a (1)______________ fiesta en casa de (2)______________ Soto. Viven en (3)______________ casa de enfrente. (4)______________ señor Soto es alto y moreno; es de (5)______________ Argentina. Su esposa es francesa pero habla (6)______________ español bien. Soy (7)______________ amiga de su hija Dolores.

Fue una fiesta estupenda. Empezó a (8)______________ ocho y no salimos hasta (9)______________ tres. Sabes que me encanta (10)______________ música latina. Pues, como ellos tienen muchos discos, escuchamos (11)______________ música y nos quitamos (12)______________ zapatos y bailamos toda (13)______________ noche. ¡Fue tan lindo!

Bueno, tengo que irme. Espero que me escribas (14)______________ viernes como siempre.

Abrazos,

Mariana

C7-8 Mis opiniones. Explique sus opiniones acerca de los centros comerciales. Comente los aspectos positivos y negativos.

1. Lo mejor de un centro comercial ____ ____.
2. Lo más divertido ____ ____.
3. Lo más desagradable ____ ____.
4. Lo más interesante ____ ____.
5. Lo peor ____ ____.

C7-9 En el centro comercial. Escríbale una carta a su amigo(-a) Juan(-a) Herrera que vive en un pueblo en Bolivia. Explíquele lo que Ud. hizo la última vez que Ud. fue a un centro comercial.

______________________________:

____

____

____

____

____

____

____

____

____

____

______________________________,

SEGUNDA SITUACIÓN

C7-10 El catálogo. Ud. trabaja en Lo Último, una tienda que se especializa en ropa para estudiantes universitarios. Ud. tiene que escribir los anuncios *(advertisements)* en el catálogo para los clientes hispanos. Describa la ropa de siguentas los dibujos. Incluya información acerca de la tela, el diseño, los colores, el uso y el precio de cada prenda de vestir.

A. ____

____

____

Nombre ______________________________ Fecha ______________

B. ______________________________

____

____

C. ______________________________

____

____

D. ______________________________

____

____

C7-11 Un día horrible. Ud. está en Guayaquil, Ecuador; y va de compras pero tiene muchos problemas. ¿Qué diría Ud. en las siguientes situaciones?

1. Ud. compra pantalones que cuestan 75.000 sucres, pero la cajera le cobra 95.000 sucres.

____

2. Ud. hace cola desde hace quince minutos. Tiene que pagar, pero no quiere esperar más.

____

3. Le falta un botón al impermeable que Ud. quiere comprar. El dependiente no quiere arreglarlo.

____

4. La dependienta es descortés y sarcástica con todos los clientes.

____

5. Ud. quiere devolver un traje descosido *(unsewn)*, pero el gerente le dice que no aceptan devoluciones ni cambios.

____

C7-12 La ropa nueva. Sus padres le mandaron las siguientes cosas: un par de zapatos de tenis, una chaqueta y un impermeable. Nada le queda bien o le gusta. Escríbales una carta a sus padres explicándoles el problema; pida otra ropa.

______________________________:

____

____

____

____

____

____

____

____

____

____

______________________________,

C7-13 Palabras indefinidas y negativas. Complete la siguiente tabla con una palabra indefinida o negativa según lo que falte.

	PALABRAS INDEFINIDAS	PALABRAS NEGATIVAS
1.	______________________	nadie
2.	siempre	______________________
3.	también	______________________
4.	______________________	de ningún modo
5.	algo	______________________
6.	______________________	ni… ni
7.	alguno	______________________

Nombre ______________________________ Fecha ______________

C7-14 La dependienta perezosa.

Según una carta de recomendación, Consuelo López es la dependienta perfecta. Pero en realidad es lo contrario. Ud. escribe su primera evaluación y tiene que contradecir *(contradict)* la carta de recomendación.

1. Consuelo López es muy trabajadora. Siempre hace algo.

____

2. Se viste bien. Lleva un vestido o un traje todos los días.

____

3. Es muy popular con sus clientes. Algunos clientes le mandan flores.

____

4. También le dan regalos.

____

5. De alguna manera vende más ropa que todas las otras dependientas.

____

6. Alguien dijo que Consuelo es la dependienta perfecta.

____

C7-15 Algunos regalos.

Ud. estuvo de vacaciones. Explique a quién le compró los siguientes regalos.

Modelo ¿Le compraste los guantes a Felipe?
Sí, se los compré a él.

1. ¿Les compraste las camisetas a tus primas?

____

2. ¿Le compraste el suéter a David?

____

3. ¿Le compraste la blusa a Elena?

____

4. ¿Les compraste los zapatos a Mario y Antonio?

____

5. ¿Le compraste la bufanda a tu padre?

____

C7-16 Unas vacaciones en el Ecuador. Usando la forma adecuada de **y/o,** complete la tarjeta postal que Roberto piensa mandar a sus padres que viven en Colombia. (+ = **y/e**; **¿?** = **o/u**)

Queridos padres:

Estoy muy contento aquí en Quito. Todo está bien excepto el tiempo. Llueve mucho, pero afortunadamente tengo mi paraguas (+) (1)____________ impermeable. Nuestro grupo es grande (+) (2)____________ agradable. Nuestro guía es muy bueno; se llama Óscar (¿?) (3)____________ Octavio – no recuerdo bien, pero es muy simpático. Nos lleva a sitios muy hermosos (+) (4)____________ interesantes. Mañana por la tarde vamos a visitar siete (¿?) (5)____________ ocho sitios (+) (6)____________ por la noche podemos ir a una discoteca (¿?) (7)____________ a un concierto.

Abrazos,

Roberto

> **A recordar**
> Review the following situations and tasks that have been presented and practiced in this chapter.
>
> - Discuss activities and the merchandise available in various shopping areas such as a large department store, a shopping mall, a boutique, a market.
> - Make a routine purchase.
> - Describe and discuss actions in progress.
> - Make comparisons.
> - Talk to and about people and things using definite articles.
> - Make a complaint about an item of clothing and resolve the problem.
> - Deny and contradict what others say.
> - Avoid the repetition of previously mentioned people and things by using direct and indirect object pronouns.

EXPANSIÓN DE VOCABULARIO

DUDAS DE VOCABULARIO

to return: regresar / volver / devolver

regresar / volver: *to return, go back*

¿Cuándo vas a regresar / volver a Bolivia?	*When are you going back to Bolivia?*

volver a + infinitive: *to start to do something again*

Después de recuperarse de su bronquitis, él volvió a fumar.	*After recovering from bronchitis, he started to smoke again.*

devolver: *to return something, to give something back*

Ud. tiene que devolver los libros la próxima semana.	*You have to return the books next week.*

window: la ventana / la ventanilla / la vitrina / el escaparate

la ventana: *window*

¡Qué cuarto tan oscuro! ¡No hay ni una sola ventana!	*What a dark room! There is not one single window!*

la ventanilla: *small window; window where tickets are sold*

Los carros modernos ya no tienen una ventanilla en la puerta delantera.	*Modern cars don't have a small window in the front door anymore.*
Pase por la ventanilla para recoger las entradas.	*Go by the window to pick up the tickets.*

la vitrina: *store window (A); display case (E)*

Me encanta ver las decoraciones de Navidad en las vitrinas de Macy's.	*I love to see the Christmas decorations in the store windows at Macy's.*

el escaparate: *cabinet used to display crystal or china; store window (E); display case (A)*

Mi madre guarda los platos finos en el escaparate para que mi hermanito no los agarre.	*My mother puts the fine china in the china cabinet so that my little brother doesn't grab it.*

light: claro / ligero / débil / la luz / la lámpara

claro: *light, referring to color*

Ese vestido es azul claro.	*That dress is light blue.*

ligero: *light, referring to weight*

Tú puedes cargar eso porque es muy ligero; no es pesado.	*You can carry that because it's light; it's not heavy.*

débil: *light, referring to sound*

Me asusté cuando oí un suspiro débil en la noche oscura.	*I got scared when I heard a light whisper in the dark night.*

la luz: *light; electricity*

¡Aquí no hay luz! Todo está oscuro.	*There is no light here! It's all dark.*

la lámpara: *light, lamp*

¿Dónde está la lámpara? Prende la luz, por favor.	*Where's the lamp? Turn the light on, please.*

Práctica

C7-17 La vida de Mariana. Complete el párrafo con la forma adecuada de las siguientes palabras.

regresar	**volver**	**volver a + inf.**	**devolver**
la ventana	**la ventanilla**	**el escaparate**	**la vitrina**
claro	**ligero**	**débil**	
la luz	**la lámpara**		

Mariana estudia en una universidad de Quito, Ecuador. Esta tarde fue de compras al centro. Primero miró la ropa nueva en (1)__________________ de su almacén favorito. Después entró y se probó muchos vestidos; compró un vestido azul (2)__________________ y una chaqueta (3)__________________ para el verano.

En la residencia Mariana tiene un cuarto con dos (4)__________________ grandes desde las cuales puede ver las montañas. Pero a pesar de eso nunca hay bastante (5)__________________ para leer. Por eso compró una (6)__________________ nueva para su escritorio.

Mariana (7)__________________ a la residencia a las cuatro y (8)__________________ estudiar. Pero cuando empezó a leer descubrió que su (9)__________________ no funcionaba bien. Fue al centro otra vez y (10)__________________ la lámpara.

AMPLIACIÓN

The suffix *-ería*

SUFFIX	**-ería**	=	*shop, store*
	la zapatería	=	*shoe store*

The suffix **-ería** is often added to the name of a product to indicate the shop or store where the product is sold, repaired, or taken care of. In most cases these feminine nouns are formed by adding **-ería** to words ending in a consonant or by dropping the final vowel from the product and adding **-ería: el zapato → zapat- → la zapatería.**

Práctica

C7-18 Dé la forma inglesa de los siguientes sustantivos.

1. la joyería __________________
2. la perfumería __________________
3. la lavandería __________________
4. la guantería __________________
5. la carnicería __________________
6. la heladería __________________
7. la panadería __________________
8. la papelería __________________

Nombre ______________________________ Fecha ______________

C7-19 Dé el sustantivo español para las siguientes tiendas.

1. fruit store ______________________________
2. watch repair shop ______________________________
3. fish store ______________________________
4. shoe store ______________________________
5. pastry shop ______________________________
6. bookstore ______________________________

C7-20 Complete las oraciones con un sustantivo terminando en-**ería.**

1. Se venden anillos, aretes y pulseras en una ______________________________.
2. Se venden botas, sandalias y pantuflas en una ______________________________.
3. Se venden bolígrafos, lápices, tarjetas y papel en una ______________________________.
4. Se venden libros en una ______________________________.
5. Se venden manzanas, naranjas y melones en una ______________________________.
6. Se venden jabón, maquillaje y perfume en una ______________________________.

Capítulo 8

En la ciudad

PRIMERA SITUACIÓN

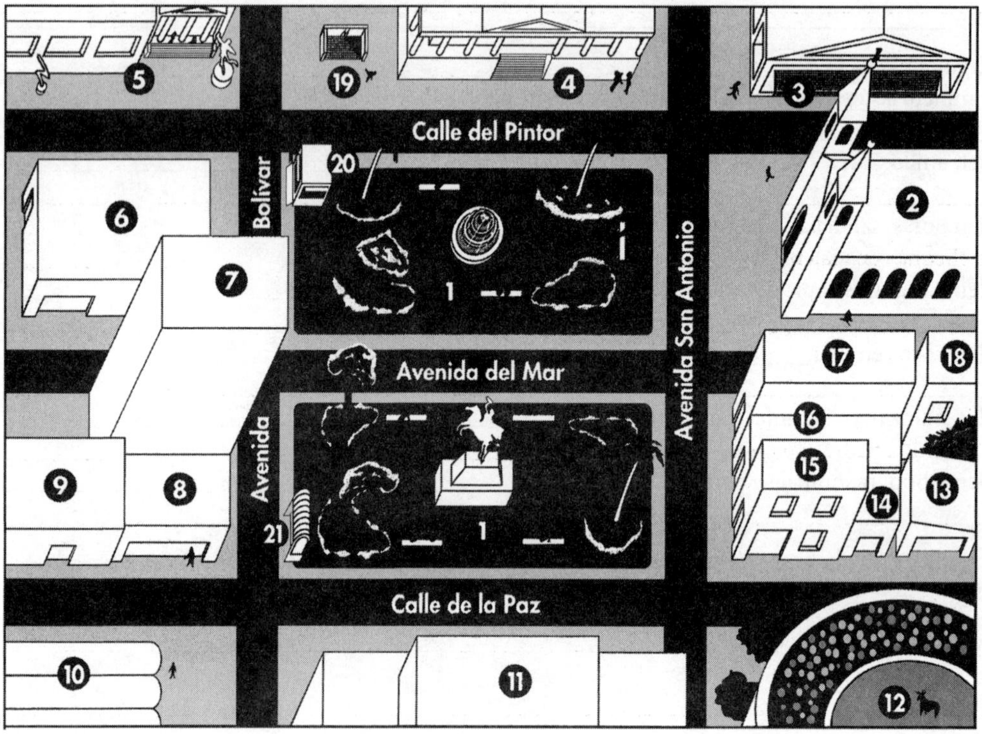

CLAVE

1. Plaza Bolívar
2. Catedral Metropolitana
3. Palacio Presidencial
4. Ayuntamiento
5. Museo de Bellas Artes
6. Almacenes Suárez
7. Hotel Bolívar
8. Supermercado Precios Únicos
9. Apartamentos Don Carlos
10. Estación de tren
11. Hospital Santa Clara
12. Plaza de Toros
13. Boutique Álvarez
14. Farmacia de la Paz
15. Cine Bolívar
16. Oficina de Turismo
17. Banco Nacional
18. Restaurante del Mar
19. Metro
20. Quiosco
21. Parada de autobús

Nombre ______________________ Fecha ______________

C8-1 La Oficina de Turismo.

Ud. trabaja en la Oficina de Turismo. Puesto que la mayoría de los turistas le hacen las mismas preguntas, escriba una lista de información, indicando dónde los turistas pueden obtener varios objetos o servicios y dónde se encuentra el lugar. Consulte el mapa.

Modelo tomar el tren
La estación de trenes está en la esquina de la Avenida Bolívar y la Calle de la Paz, enfrente del Hospital Santa Clara.

1. tomar el metro ______________________

2. comprar ropa nueva ______________________

3. cambiar cheques de viajero ______________________

4. comprar comida para un picnic ______________________

5. tomar un autobús ______________________

6. comprar una revista ______________________

C8-2 Un folleto turístico.

Ud. tiene que escribir un folleto para los turistas. Usando el mapa, describa los sitios de interés.

____

C8-3 ¿Me podría decir...? Usando el mapa, escríbales instrucciones a las siguientes personas que vienen a la Oficina de Turismo para obtener información.

1. Una señorita quiere tomar el metro para visitar a una amiga que vive fuera de la ciudad. ____________________

2. Un joven quiere visitar a sus tíos que viven en los Apartamentos Don Carlos. ____________________

3. Un hombre quiere ir a la Plaza de Toros y después al Hotel Bolívar. ____________________

4. Dos señoras quieren ir al Museo de Bellas Artes. ____________________

5. Una familia quiere visitar el Palacio Presidencial y después necesita tomar el tren. ____________________

Nombre ______________________ Fecha ______________

C8-4 Mandatos formales.
Escriba el mandato formal singular (Ud.) que corresponde al infinitivo.

1. pasar ______________
2. comer ______________
3. abrir ______________
4. ir ______________
5. dar ______________
6. salir ______________
7. ser ______________
8. buscar ______________
9. cruzar ______________
10. dirigir ______________
11. llegar ______________
12. hacer ______________
13. saber ______________
14. estar ______________

C8-5 Consejos turísticos.
Un grupo de turistas le mandó una serie de preguntas relacionadas con su viaje. Escríbale al grupo contestando sus preguntas según el modelo.

Modelo ¿Cuándo debemos visitar su país? (en el verano)
Visítenlo en el verano.

1. ¿Cuándo debemos conseguir el pasaporte? (lo más pronto posible)

____

2. ¿Debemos leer algo antes de salir? (sí, una buena guía turística)

____

3. ¿Qué sitios históricos debemos ver? (el Palacio Presidencial)

____

4. ¿Debemos sacar fotos? (sí, de los sitios de interés)

____

5. ¿Dónde debemos almorzar? (en un restaurante típico)

____

6. ¿Por cuánto tiempo debemos quedarnos? (por una semana)

____

7. ¿Qué debemos hacer el primer día? (darse un paseo por el centro)

____

8. ¿Qué podemos hacer por la noche? (ir a una discoteca)

____

C8-6 ¿Dónde se hace? Usando el mapa de la ciudad, escriba respuestas a las preguntas de los turistas explicándoles dónde se puede hacer varias cosas.

Modelo ¿Adónde se va para comprar fruta?
Se compra fruta en el Supermercado Precios Únicos.

1. ¿Adónde se va para comprar un periódico?

____

2. ¿Adónde se va para comer bien?

____

3. ¿Adónde se va para ver una película?

____

4. ¿Adónde se va para comprar regalos?

____

5. ¿Adónde se va para tomar el autobús?

____

6. ¿Adónde se va para ver una exposición de arte?

____

C8-7 La familia Quintana. Complete el párrafo con la forma adecuada del artículo indefinido. Ponga 0 en el espacio si el artículo no es obligatorio.

Rafael Quintana y su familia viven en el Perú en (1) _______________ pueblo pequeño cerca de Lima. Rafael es (2) _______________ dentista y su esposa Teresa es (3) _______________ recepcionista en (4) _______________ oficina comercial. Teresa es (5) _______________ boliviana pero vive en el Perú desde hace quince años. Rafael y Teresa tienen dos hijos. (6) _______________ de sus hijos estudia en la universidad para hacerse (7) _______________ abogado y (8) _______________ otro hijo quiere ser (9) _______________ profesor de química. Actualmente la familia busca (10) _______________ casa en (11) _______________ barrio residencial de su pueblo. Quieren vivir en (12) _______________ lugar más tranquilo con (13) _______________ jardín.

Nombre ____________________ Fecha ____________

SEGUNDA SITUACIÓN

C8-8 ¿Qué se puede ver? Haga una lista de las cosas que se puede ver en los siguientes lugares.

1. Un museo de arte ____________________

2. Una plaza de toros ____________________

C8-9 El parque de atracciones. Un parque de atracciones dirige un concurso *(contest)*; el primer premio consiste en veinticinco entradas para Ud., su familia y / o sus amigos. Para ganar el primer premio hay que escribir una composición, explicando por qué quiere visitar el parque, con quiénes prefiere ir y lo que todos harán.

C8-10 Un(-a) compañero(-a) flojo(-a). Su compañero(-a) de cuarto es muy flojo(-a). Ud. necesita animarlo(-la) para hacer sus deberes. ¿Qué le diría para que haga las siguientes actividades?

1. salir pronto para estudiar en la biblioteca

____

2. escribir su composición para la clase de inglés

____

3. lavar la ropa

____

4. no mirar tanto la televisión

____

5. empezar la tarea de química

____

C8-11 El tiempo futuro. Escriba las formas del futuro que correspondan a los sujetos dados.

	VIAJAR	VOLVER
1. Ud.	______________	______________
2. los García	______________	______________
3. yo	______________	______________
4. Julia	______________	______________
5. tú	______________	______________
6. nosotros	______________	______________

C8-12 Unas formas irregulares. Escriba las formas del futuro de la primera persona singular (yo) y plural (nosotros) para los siguientes infinitivos.

	PRIMERA PERSONA SINGULAR	PRIMERA PERSONA PLURAL
1. tener	______________	______________
2. querer	______________	______________
3. decir	______________	______________
4. hacer	______________	______________
5. poder	______________	______________

Nombre ______________________________ Fecha ______________

6. salir ______________________ ______________________

7. poner ______________________ ______________________

8. venir ______________________ ______________________

C8-13 Un viaje al Perú.

Describa lo que las siguientes personas harán durante sus vacaciones en el Perú.

Modelo Mario / visitar Machu Picchu
Mario visitará Machu Picchu.

1. tú / hacer una excursión a Cuzco

____

2. los Pereda / levantarse tarde todos los días

____

3. Carlos del Valle / salir a bailar todas las noches

____

4. Uds. / ir de compras en el Jirón de la Unión

____

5. mi novio(-a) y yo / conducir a la playa

____

6. la Srta. Robles / comer muchos mariscos

____

7. yo / ¿?

____

C8-14 Algunas probabilidades.

Para cada dibujo hay una pregunta que expresa una probabilidad acerca de la situación. Forme otras dos preguntas apropiadas y luego conteste todas las preguntas.

1. ¿De quién será el paquete?

____

¿ ____ ?

____

¿ ____ ?

____

2. 

¿Quién me llamará?

____

¿ ____?

____

¿ ____?

____

3. 

¿Qué querrá el jefe?

____

¿ ____?

____

¿ ____?

____

C8-15 Dentro de diez años. Describa su vida dentro de diez años.

____

____

____

____

____

____

____

Nombre ______________________________ Fecha ______________

____

____

____

____

C8-16 Un día libre. Ud. y sus amigos tienen un día libre. Usando los mandatos de primera persona plural (nosotros), haga sugerencias sobre lo que Ud. y sus amigos pueden hacer.

1. asistir a un concierto rock

____

2. ir al parque de atracciones

____

3. almorzar en un restaurante

____

4. salir a bailar

____

5. tener una fiesta

____

6. jugar al tenis

____

7. ¿?

____

A recordar

Review the following situations and tasks that have been presented and practiced in this chapter.

- Describe the various buildings and services found in cities.
- Discuss the various activities that can be done in U.S. and Hispanic cities.
- Ask for, understand, and give directions.
- Tell other people what to do.
- Ask for and provide information.
- Talk about other people.
- Persuade others to do what you want them to do.
- Discuss future activities.
- Express probability.
- Suggest group activities.

EXPANSIÓN DE VOCABULARIO

DUDAS DE VOCABULARIO

date: la cita / la fecha

la cita: *date, as in having a date*

Gregorio está nerviosísimo porque tiene una cita con Debra.	*Gregorio is very nervous because he has a date with Debra.*

la fecha: *date, as in the day and month of the year*

¿Qué fecha es hoy?	*What is today's date?*

to look: buscar / cuidar / mirar / parecer / ver

buscar: *to look for, to seek*

Antonio busca un nuevo apartamento.	*Antonio is looking for a new apartment.*

cuidar: *to look after, to take care of*

Yo siempre cuido a mi hermanito.	*I always take care of my little brother.*

mirar: *to look at, watch*

Él se quedó mirando a Rita una hora sin decir una sola palabra.	*He stayed there looking at Rita for an hour without saying a single word.*

parecer: *to look, seem*

Sin embargo, él parece ser inteligente, ¿no?	*However, he seems to be intelligent, doesn't he?*

ver: *to look, see*

Quiero ver qué dice Myrna después de todo esto.	*I want to see what Myrna says after all this.*

real: real / verdadero

real / verdadero(-a): *real, actual, true*

La verdadera razón es que él no quiere ir a tu fiesta.	*The real reason is that he does not want to go to your party.*
El valor real de sus propiedades es mínimo.	*The actual value of their properties is minimal.*

actually: en realidad

en realidad: *actually, as a matter of fact*

En realidad, lo único que tienen es una gran fuerza de voluntad.	*Actually / As a matter of fact, the only thing they have is great willpower.*

nowadays: actualmente, hoy (en) día

actualmente / hoy (en) día: *at the present time, nowadays*

Actualmente / Hoy (en) día el problema de las drogas está más difundido que hace unos veinte años.	*Nowadays, the drug problem is more widespread than twenty years ago.*

Práctica

C8-17 ¿Qué palabra pertenece? Complete el párrafo con el equivalente en español de las palabras entre paréntesis.

Rogelio *(looks)* (1) ____________________ nervioso. Dice que está nervioso a causa de un examen de física mañana, pero yo sé que la *(real)* (2) ____________________ razón es que tiene una *(date)* (3) ____________________ con Teresa. Como Teresa tiene que *(look after)* (4) ____________________ a su hermanita, Rogelio y ella van a *(watch)* (5) ____________________ la televisión o *(see)* (6) ____________________ una película en su casa. Ahora mismo Rogelio *(is looking for)* (7) ____________________ una película buena de su colección. *(Actually)* (8) ____________________ es mejor quedarse en casa porque *(nowadays)* (9) ____________________ la entrada al cine cuesta demasiado.

AMPLIACIÓN

Compound nouns

Spanish frequently forms nouns from the combination of a verb and a noun. These compound nouns generally indicate a building, gadget, piece of equipment, furniture, or clothing. The noun is formed by joining the third-person singular of the present tense verb form followed by a noun; these compound nouns are usually masculine: **el rascacielos** = *skyscraper,* **rascar** = *to scrape, scratch;* **el cielo** = *sky.* Note that the English translation generally begins with the equivalent of the Spanish noun.

Práctica

C8-18 Dé la forma inglesa de los sustantivos. *(**parar** = to stop; **guardar** = to keep, guard; **quitar**, sacar = to remove)*

1. el paraguas ______
2. el quitanieve ______
3. el lavaplatos ______
4. el guardarropa ______
5. el pasatiempo ______
6. el limpiacristales ______
7. el paracaídas ______
8. el pararrayos ______

C8-19 Forme una palabra que corresponda al inglés usando los siguientes infinitivos y sustantivos.

abrir	**la brisa**
guardar	**los corchos**
limpiar	**los dientes**
parar	**los golpes**
sacar	**las latas**
salvar	**la puerta**
	el sol
	las vidas

1. storm door — la ______
2. can opener — el ______
3. corkscrew — el ______
4. windshield — el ______
5. toothpick — el ______
6. life preserver — el ______
7. sunshade — el ______
8. (automobile) bumper — el ______

Nombre ______________________________ Fecha ______________

C8-20 Complete las oraciones usando un sustantivo compuesto.

1. Un edificio muy alto de muchos pisos es un ______________________________.
2. Cuando llueve usamos un ______________________________.
3. Después de comer ponemos los platos en el ______________________________ para limpiarlos.
4. Para abrir una botella de vino usamos un ______________________________.
5. En las casas viejas usan un ______________________________ para la ropa y los zapatos.
6. En un barco siempre hay muchos ______________________________ para usarlos en caso de emergencia.

Bienvenidos a la comunidad hispana en los EE.UU.

CBV V-1 Adivinanza. Para descubrir la palabra de la caja vertical, escriba en las líneas horizontales las palabras que correspondan a las definiciones de cada número.

1.						___	___	___	___	___	___	___
2.						___	___	___	___	___		
3.						___	___	___	___	___	___	___
4.					___	___	___	___	___			
5.				___	___	___	___					
6.			___	___	___	___	___	___				
7.	___	___	___	___	___	___	___	___	___			
8.					___	___	___	___				

1. Una mujer de origen mexicano que vive en los EE.UU.
2. Una ciudad en la Florida con gran concentración de cubanos
3. El apellido de una cantante popular
4. El apellido de un famoso cómico de la televisión
5. Una isla en el Caribe
6. La única persona que ha ganado un Óscar, un Emmy, un Tony y también un Grammy
7. Una ciudad en el noreste de los EE.UU. con gran concentración de puertorriqueños
8. El apellido de un famoso jugador de béisbol

CBV V-2 La comunidad hispana. Usando oraciones completas, conteste las siguientes preguntas sobre la comunidad hispana en los EE.UU.

1. ¿Cuántos habitantes hispanos hay actualmente en los EE.UU.?

____

____

2. ¿De dónde son los hispanos en los EE.UU.?

____

____

3. ¿Dónde se encuentran la mayoría de los chicanos? ______________________________

____

¿Los cubanos? ______________________________

____

¿Los puertorriqueños? ______________________________

____

¿Los dominicanos? ______________________________

____

4. Nombre dos hispanos famosos en las siguientes categorías.

Cine y televisión ______________________________

____

Deportes ______________________________

____

Literatura ______________________________

____

Moda ______________________________

____

Música ______________________________

____

Política ______________________________

____

Capítulo 9

En la agencia de empleos

PRIMERA SITUACIÓN

C9-1 Una solicitud de empleo. Ud. solicita un puesto en una compañía grande e importante. Llene las siguientes secciones de la solicitud.

APELLIDO(-S) ______________________ NOMBRE ______________________

DIRECCIÓN ______________________

____

____

EDUCACIÓN ______________________

____

____

____

EXPERIENCIA ______________________

____

____

____

APTITUDES PERSONALES ______________________

____

____

____

PUESTO DESEADO ______________________

____

____

____

Nombre ______________________________ Fecha ______________

C9-2 El empleo ideal. Escriba un anuncio para el empleo ideal. Mencione por lo menos cinco características.

____

____

____

____

____

____

____

____

____

____

C9-3 Posibilidades de empleo. Ud. y unos(-as) amigos(-as) están hablando del futuro y las posibilidades de empleo. ¿Qué dicen Uds. en las siguientes situaciones?

1. Ud. tiene una idea magnífica para obtener un buen empleo.

   ____

2. Ud. quiere proponer la idea de buscar trabajo juntos.

   ____

3. Un(-a) amigo(-a) piensa que su idea no es muy buena y recomienda otra posibilidad.

   ____

4. Otro(-a) amigo(-a) interrumpe y presenta una idea nueva.

   ____

5. Ud. quiere volver al tema original.

   ____

C9-4 El condicional. Escriba las formas del condicional que corresponden a los sujetos dados.

	TRABAJAR	ESCRIBIR
Carlos y yo	______	______
tú	______	______
el dueño	______	______
Uds.	______	______
yo	______	______
Julio y Raúl	______	______

C9-5 Unas formas irregulares. Escriba las formas del condicional de la tercera persona singular (él, ella, Ud.) y plural (ellos, ellas, Uds.) para los siguientes infinitivos.

	TERCERA PERSONA SINGULAR	TERCERA PERSONA PLURAL
1. poder	______	______
2. hacer	______	______
3. salir	______	______
4. decir	______	______
5. saber	______	______
6. querer	______	______
7. venir	______	______
8. tener	______	______

C9-6 Bajo condiciones ideales. Describa lo que harían las siguientes personas bajo condiciones ideales.

Modelo Mario / trabajar en una compañía española
Mario trabajaría en una compañía española.

1. tú / construir una casa grande

______

2. los Fernández / hacerse muy ricos

______

3. Carlos Morales / encargarse de una compañía grande

______

4. Uds. / tener su propia compañía

____

5. mi novio(-a) y yo / poder casarse

____

6. la Srta. García / salir para México

____

C9-7 En otra situación.

Explique lo que Ud. haría con su vida bajo otras condiciones y en otra situación. ¿Dónde viviría Ud. / qué y dónde estudiaría / dónde trabajaría / quiénes serían sus amigos / qué compraría?

____

____

____

____

____

____

____

____

____

____

C9-8 En la Compañía Domínguez.

Describa cómo trabajan los empleados en la Compañía Domínguez.

Modelo el Sr. Suárez / rápido
El Sr. Suárez trabaja rápidamente.

1. el jefe / eficaz

____

2. la secretaria / cuidadoso

____

3. la Sra. Pereda / paciente

____

4. los gerentes / atento

5. Marcos Duarte / perezoso

6. todos los vendedores / responsable

C9-9 En la agencia de empleos. Explique lo que las siguientes personas hicieron ayer en la Agencia de Empleos Suárez.

Modelo Rafael Cárdenas escribió cartas. (mucho)
Rafael Cárdenas escribió muchas cartas.

1. El Sr. Cáceres escribió anuncios. (numeroso)

2. Pablo leyó cartas de recomendación. (todo)

3. La Srta. Acosta llenó solicitudes. (demasiado)

4. La Sra. Ocampo despidió a un empleado. (otro)

5. Los Núñez consiguieron entrevistas. (poco)

6. El Dr. Lado describió los beneficios sociales. (alguno)

Nombre ______________________ Fecha ______________

SEGUNDA SITUACIÓN

C9-10 Los materiales para la oficina. Ud. es el (la) dueño(-a) de una tienda que alquila todos los materiales (*supplies*) necesarios para una oficina comercial. Prepare una lista de todos los artículos y muebles que se puede alquilar en su tienda.

____

____

____

____

____

____

____

____

____

C9-11 El (La) telefonista. Ud. es el (la) telefonista de una compañía grande que recibe muchas llamadas de clientes que piden información. Para facilitar su trabajo, prepare una lista indicando en qué sección de la compañía los trabajadores hacen lo siguiente.

1. Preparan la propaganda y los anuncios para los periódicos, las revistas, la radio y la televisión.

   ____

2. Se preocupan por los problemas con los clientes.

   ____

3. Deciden dónde y cómo se venden los productos.

   ____

4. Se preocupan por los pedidos, los vendedores y las zonas de ventas.

   ____

5. Manejan *(they oversee)* la planificación y la coordinación de toda la compañía.

   ____

6. Se encargan de las responsabilidades financieras.

   ____

C9-12 ¿Comprende Ud.? Explique lo que Ud. diría en las siguientes situaciones.

1. Ud. habla por teléfono con un(-a) compañero(-a) que no contesta una de sus preguntas.

____

2. Ud. le da instrucciones difíciles a su hermanita que no parece entender.

____

3. Ud. le sugiere a su novio(-a) que vayan al cine mañana por la noche.

____

4. Un(-a) amigo(-a) le da a Ud. noticias increíbles acerca de otro(-a) amigo(-a).

____

5. Ud. expresa una opinión política y quiere saber lo que su amigo(-a) piensa de su idea.

____

C9-13 Los nuevos empleados. Ud. es el (la) dueño(-a) de una compañía grande que necesita mucho personal nuevo. Explique las calificaciones deseadas de los nuevos empleados.

Modelo una secretaria / hablar español
Buscamos una secretaria que hable español.

Buscamos...

1. una secretaria / saber usar la nueva computadora

____

2. un contador / ser inteligente

____

3. una gerente / resolver problemas eficazmente

____

4. un jefe de ventas / llevarse bien con los clientes

____

No queremos nadie que...

5. perder tiempo

____

6. fumar en la oficina

______

7. quejarse mucho

______

8. decir mentiras

______

C9-14 El nuevo personal. Ud. es el (la) gerente de una compañía que importa muebles de la América del Sur. Ud. necesita una nueva secretaria y un jefe de ventas. Escriba dos anuncios explicando cada puesto y las calificaciones deseadas.

______

C9-15 En la Oficina de Personal. Ud. es el (la) supervisor(-a) de una oficina de personal. Cuando sus empleados le preguntan a Ud. quién debe hacer varias cosas, dígales lo que Ud. quiere que hagan sus empleados.

Modelo ¿Debe escribir las cartas Adela? (Gloria)
No, que las escriba Gloria.

1. ¿Debe empezar el informe Pedro? (el Sr. Robles)

______

2. ¿Debe resolver los problemas legales Teresa? (Graciela y Mariana)

______

3. ¿Debe llenar la solicitud la Sra. Marín? (la Sra. González)

______

4. ¿Debe escribir los anuncios el Sr. Fuentes? (el Sr. Almazán)

____

5. ¿Debe despedir al nuevo empleado el Sr. Gómez? (el Sr. Ruiz)

____

6. ¿Debe hacer las llamadas la secretaria? (todos los empleados)

____

C9-16 Un trabajo ideal. Para describir el trabajo ideal, complete las oraciones, utilizando el superlativo absoluto de las palabras entre paréntesis.

1. (alto) Tengo un trabajo ideal y recibo un sueldo ______________________.
2. (bueno / malo) Los supervisores son ______________________ y no hay ningún empleado ______________________.
3. (grande / lindo) Mi oficina es ______________________ con una vista ______________________.
4. (simpático / mucho) Mis compañeros de trabajo son ______________________ y me tratan con ______________________ respeto.
5. (poco / largo) Paso ______________________ tiempo en la oficina y tengo ______________________ vacaciones.

C9-17 Mi trabajo ideal. Describa su trabajo ideal, incluyendo información sobre el tipo de trabajo, los supervisores, los compañeros de trabajo, el sueldo, la oficina o el lugar donde Ud. trabaja y otros detalles. No se olvide de usar el subjuntivo cuando la oración subordinada se refiere a una persona o cosa que no existe o no se conoce.

____

____

____

____

____

____

____

____

Nombre ______________________________ Fecha ______________

A recordar

Review the following situations and tasks that have been presented and practiced in this chapter.

- Discuss and describe various jobs and careers.
- Change directions in a conversation.
- Explain what you would do under certain conditions.
- Describe how actions are done.
- Indicate quantities.
- Double-check comprehension.
- Talk about unknown or nonexistent people and things.
- Explain what you want others to do.
- Express exceptional qualities.

EXPANSIÓN DE VOCABULARIO

DUDAS DE VOCABULARIO

job / work: el puesto / el trabajo / el empleo / la tarea / la obra

el puesto: *job, position*

Vilma consiguió un buen puesto en la IBM. — *Vilma got a good job with IBM.*

el trabajo: *work, job, task*

Tengo tanto trabajo que no lo terminaré nunca. — *I have so much work that I'll never finish it.*

el empleo: *employment, job*

Sí, tú sabes que ella estuvo sin empleo por varios meses. — *Yes, you know she was without a job for several months.*

la tarea: *homework*

¿Tienes mucha tarea para mañana? — *Do you have a lot of homework for tomorrow?*

la obra: *literary / artistic / charitable work*

Él no ha leído ni una de las obras de Shakespeare. — *He hasn't read even one of Shakespeare's works.*

Las obras de la Madre Teresa le ganaron el amor y el respeto de todo el mundo. — *The (charitable) works of Mother Theresa earned her everybody's love and respect.*

to work: trabajar / funcionar

trabajar: *to work*

Ella trabaja mucho. Uno de estos días se va a enfermar. — *She works too much. She is going to get sick one of these days.*

funcionar: *to work, to operate, to function*

Este lavaplatos no funciona. Vas a tener que lavar los platos a mano. — *This dishwasher doesn't work. You'll have to do the dishes by hand.*

to become: hacerse / llegar a ser / ponerse / volverse

hacerse: *to become. It implies a personal effort and can be followed by either a noun or an adjective.*

Se hizo rico trabajando día y noche.	*He became rich working day and night.*
Se hizo abogado después de muchos años.	*He became a lawyer after many years.*

llegar a ser: *to become. It implies a gradual change, but does not necessarily imply a personal effort. It can also be followed by a noun or an adjective.*

Llegó a ser un buen médico.	*He became a good doctor.*
Contrario a lo que todos pensaban, llegó a ser muy famosa.	*Contrary to what everybody thought, she became very famous.*

ponerse: *to become. It indicates a change in physical and/or emotional state, and can only be followed by an adjective.*

Se puso nervioso.	*He became nervous.*

volverse: *to become. It implies a sudden physical and/or emotional change, and can only be followed by an adjective.*

Se volvió loco cuando la conoció.	*He went crazy when he met her.*
No comprendo cómo los cantantes de rock no se vuelven sordos con el ruido.	*I don't understand how rock singers don't become deaf with the noise.*

Práctica

C9-18 La Compañía Ordóñez. Explique qué les pasó a las siguientes personas en la Compañía Ordóñez. Complete las oraciones con la forma adecuada de ***hacerse / llegar a ser / ponerse / volverse.***

1. El Sr. Ordóñez, el presidente de la compañía, __________________________ gordo por comer mucho y no hacer ejercicios.

2. El hijo del Sr. Ordóñez __________________________ el vice presidente aunque no trabajó mucho.

3. La hija del Sr. Ordóñez __________________________ abogada estudiando de noche y trabajando de día.

4. La pobre esposa del Sr. Ordóñez casi __________________________ loca al saber que su esposo se enamoró de su secretaria.

C9-19 Los problemas de Consuelo. Complete la narración acerca de los problemas de Consuelo usando la forma apropiada de las palabras de la lista.

el empleo	**la obra**	**el puesto**
la tarea	**el trabajo**	
funcionar	**trabajar**	

Hace cuatro meses que Consuelo está sin (1)__________________________. Tiene muchos problemas. Su coche no (2)__________________________ bien y tiene que pagar la matrícula de este semestre. Aunque prefiere un (3)__________________________ en una compañía grande, busca (4)__________________________ en cualquier lugar. Está preocupada porque tiene mucha (5)______________ también. En su clase de literatura necesita leer dos (6)______________ literarias y escribir un informe cada semana. Si tiene que (7)______________ por la noche, no sabe cuándo podrá estudiar.

AMPLIACIÓN

Compound verbs

Spanish often forms compound verbs with prefixes attached to existing verbs, nouns, or adjectives. Knowing what the prefixes mean makes it easier to recognize and use these compound verbs.

1. PREFIX **con-, com-** = *con-, com-*

   contener = *contain*

   The prefix **con, com** = *with:* **compadecer** = *to sympathize (to suffer with someone).*The prefix **com** is used before the bilabial sounds **p** and **b.**

2. PREFIX **des-** = *dis-, de-, un-*

   desaparecer = *disappear*

   The prefix **des-** = *to take away, remove.*

3. PREFIX **en-, em-** = *en-, in-*

   encargarse = *to be in charge of, to be entrusted with*

   The prefix **en-, em-** = *to become, to get* and is frequently combined with an adjective such as **engordar** (**en** + **gordo**) = *to get fat, to become fat.* The prefix **em-** is used before the bilabial sounds **p** and **b.**

4. PREFIX **pre-** = *pre-*

   predecir = *predict*

   The prefix **pre-** = *to put before.*

5. Compound verbs composed of a prefix + verb are conjugated like the simple verb; that is, **predecir** is conjugated like **decir**. Likewise, **contener** is conjugated like **tener**.

6. **Tener** in compound verbs = *-tain:* **obtener** = *obtain.* **Poner** in compound verbs = *-pose:* **componer** = *compose.*

Práctica

C9-20 Dé la forma inglesa de las siguientes palabras.

1. contener ______________________________

2. componer ______________________________

3. desocupar ____________________

4. deshacer ____________________

5. empobrecerse ____________________

6. emborracharse ____________________

7. predecir ____________________

8. prescribir ____________________

C9-21 Dé la forma española de las siguientes palabras.

1. to contain ____________________

2. to compromise ____________________

3. to dismiss ____________________

4. to disappear ____________________

5. to fall in love ____________________

6. to get sick ____________________

7. to bury ____________________

8. to predict ____________________

C9-22 Complete las oraciones con el infinitivo de un verbo compuesto que empieza con el prefijo en paréntesis.

1. Estela come muchos dulces, pasteles y helado. Ella va a (en-) ____________________.

2. Al final del año todos tratan de (pre-) ____________________ lo que va a pasar en el año nuevo.

3. Manolo nunca llega a tiempo a su oficina y no trabaja mucho. El jefe va a (des-) ____________________ a Manolo muy pronto.

4. El Sr. Galván va a escribir una ópera. La va a (com-) ____________________ inmediatamente.

5. Los González van a salir del hotel pero primero van a hacer las maletas y (des-) ____________________ la habitación.

6. Julio e Isabel están en un crucero romántico en el Mediterráneo y siempre están juntos. Es obvio que los dos van a (en-) ____________________.

Nombre ______________________ Fecha ______________

Capítulo 10

En la empresa multinacional

PRIMERA SITUACIÓN

C10-1 Las responsabilidades. Como jefe(-a) de personal, Ud. tiene que preparar una descripción de varios puestos dentro de la empresa multinacional donde Ud. trabaja. Incluya por lo menos dos responsabilidades para cada puesto.

1. el (la) recepcionista ______________________

2. el (la) oficinista ______________________

3. el (la) publicista ______________________

4. el (la) contador(-a) ______________________

5. el (la) programador(-a) ______________________

6. el (la) ejecutivo(-a) ______________________

C10-2 Una llamada telefónica. Ud. trabaja en la empresa Contadores Padilla e Hijos. Hace un mes Ud. le pidió diez computadoras nuevas a Montalvo y Compañía pero todavía no las ha recibido. Ud. llama a la compañía para resolver el problema.

1. RECEPCIONISTA: Montalvo y Compañía. Buenos días.

   USTED: (Greet her. Ask to speak with the president of the company, Sr. Montalvo.)

   ____

   ____

2. RECEPCIONISTA: Ha salido en un viaje de negocios. Regresará dentro de quince días.

   USTED: (Ask to talk with someone else.)

   ____

3. RECEPCIONISTA: ¿Podría Ud. explicarme lo que necesita para que le dirija a la sección apropiada?

   USTED: (Briefly explain who you are and what your problem is.)

   ____

   ____

4. RECEPCIONISTA: Ud. debe hablar con el Sr. Mendoza. Lo siento pero tampoco lo (la) puede atender ahora.

   USTED: (Ask to leave a message.)

   ____

5. RECEPCIONISTA: Muy bien.

   USTED: (Briefly state your problem again. Ask for an appointment with Sr. Mendoza.)

   ____

   ____

6. RECEPCIONISTA: ¿Para cuándo quisiera la cita?

   USTED: (Name the day and time you would like.)

   ____

7. RECEPCIONISTA: Está bien. Se lo haré presente al Sr. Mendoza.

   USTED: (Thank her and provide an appropriate closing to the conversation.)

   ____

   RECEPCIONISTA: Adiós, señor / señora / señorita.

Nombre ______________________________ Fecha ______________

C10-3 El mensaje. Ud. es el (la) recepcionista en Montalvo y Compañía. Escríbale el mensaje de **Práctica C10-2** al Sr. Mendoza. Explique quién hizo la llamada, cuándo llamó y qué quería. Infórmele de la cita.

____

____

____

____

____

____

____

____

____

____

C10-4 El participio pasado. Escriba el participio pasado que corresponda al infinitivo.

1. trabajar ______________
2. vender ______________
3. cumplir ______________
4. hacer ______________
5. estar ______________
6. decir ______________
7. ser ______________
8. resolver ______________
9. ver ______________
10. abrir ______________
11. volver ______________
12. morir ______________
13. escribir ______________
14. poner ______________
15. romper ______________
16. cubrir ______________

C10-5 El presente perfecto. Escriba las formas del presente perfecto que correspondan a los sujetos dados.

	PREOCUPARSE	HACER
1. los obreros	______________	______________
2. Ud.	______________	______________
3. nosotras	______________	______________

4. yo ______________________ ______________________

5. Carmen ______________________ ______________________

6. tú ______________________ ______________________

C10-6 Un día ocupado.

Explique lo que los empleados en la empresa Sandovar han hecho hoy.

Modelo el Sr. López / vender mucho
El Sr. López ha vendido mucho.

1. la secretaria / escribir treinta cartas

____

2. yo / almorzar con unos clientes nuevos

____

3. los abogados / resolver el problema con la aduana

____

4. el publicista y yo / hacer la publicidad

____

5. tú / volver de tu viaje de negocios

____

6. el gerente / cumplir muchos pedidos

____

C10-7 Esta semana.

Explique lo que Ud. ha hecho esta semana. Incluya información sobre su rutina diaria, sus estudios, su trabajo y sus diversiones.

____

____

____

____

____

____

____

____

Nombre ______________________ Fecha ______________

____

____

____

____

C10-8 Un viaje de negocios. Ud. está encargado(-a) de preparar un viaje de negocios a Chile para todos los miembros de su sección de la empresa multinacional. Explique lo que Ud. espera que ya hayan hecho sus colegas.

Modelo todos / comprar un billete de avión
Espero que todos ya hayan comprado un billete de avión.

1. Manolo / cambiar el dinero

____

2. tú / despedirse de su familia

____

3. todos nosotros / escribirle a la empresa en Chile

____

4. Marta y Elena / leer una guía sobre Chile

____

5. la Sra. Chávez / resolver todos los problemas

____

6. los García / pagar los billetes

____

C10-9 Los Gutiérrez. Hoy Manuel y Teresa Gutiérrez celebran sus bodas de oro. ¿Qué hacen para llevarse bien durante cincuenta años?

Modelo hablar / a menudo
Manuel y Teresa se hablan a menudo.

1. escuchar / siempre

____

2. escribir / cuando están separados

____

3. dar regalos / a menudo

____

4. ayudar / cuando tienen problemas

____

5. respetar / siempre

____

SEGUNDA SITUACIÓN

C10-10 Actividades bancarias. Explique lo que las personas deben hacer en las siguientes situaciones.

1. Los Higuera desean comprar una casa pero no tienen suficiente dinero.

____

2. Matilde Guevara llega a Miami de Buenos Aires y sólo tiene dinero argentino.

____

3. La universidad sólo acepta cheques personales para la matrícula y Roberto Díaz tiene dinero en efectivo.

____

4. Estela Morillo tiene muchas joyas preciosas que deben estar en un lugar seguro.

____

5. Ud. piensa que tiene más dinero en su cuenta de ahorros de lo que dice el banco.

____

6. Héctor Ocampo necesita dinero en efectivo.

____

7. Guillermo Núñez, un chico de doce años, ganó mucho dinero cortando el césped de sus vecinos. Sus padres le dicen que no debe guardar el dinero en casa.

____

Nombre ______________________________ Fecha ______________

C10-11 Un retiro y un depósito. Ud. es un(-a) estudiante de intercambio en Lima, Perú. Quiere retirar el equivalente de 500 dólares americanos en nuevos soles peruanos de su cuenta de ahorros y depositarlos en su cuenta corriente. Antes de hacer cola en el banco, llene los formularios de retiro y depósito. (Información: **I = el importe** = *amount*; 3,47 nuevos soles = $1.)

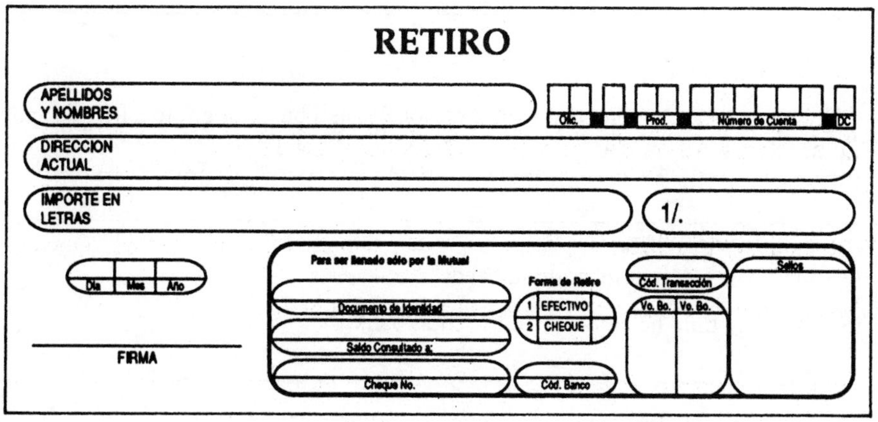
RETIRO

APELLIDOS Y NOMBRES

Ofic. Prod. Número de Cuenta DC

DIRECCION ACTUAL

IMPORTE EN LETRAS

I/.

Día Mes Año

FIRMA

Para ser llenado sólo por la Mutual

Documento de Identidad

Saldo Consultado a:

Cheque No.

Forma de Retiro

1 EFECTIVO

2 CHEQUE

Cód. Banco

Cód. Transacción

Vo. Bo. Vo. Bo.

Sellos

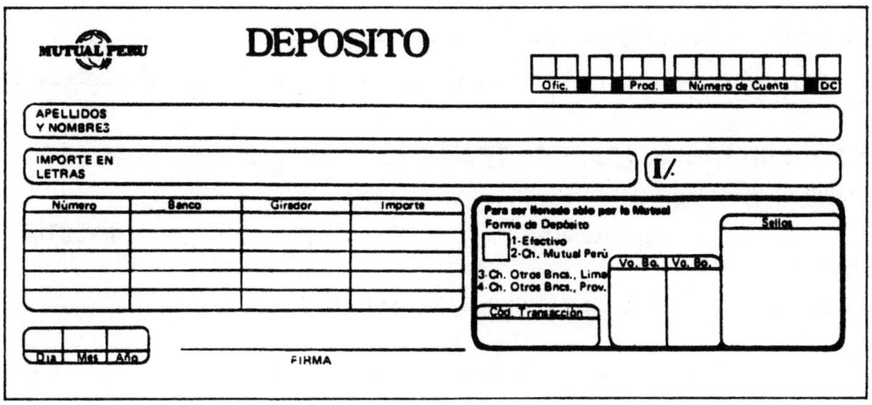
MUTUAL PERU

DEPOSITO

Ofic. Prod. Número de Cuenta DC

APELLIDOS Y NOMBRES

IMPORTE EN LETRAS

I/.

Número	Banco	Girador	Importe

Para ser llenado sólo por la Mutual

Forma de Depósito

1-Efectivo

2-Ch. Mutual Perú

3-Ch. Otros Bncs., Lima

4-Ch. Otros Bncs., Prov.

Cód. Transacción

Vo. Bo. Vo. Bo.

Sellos

Día Mes Año

FIRMA

C10-12 En el banco. Hable con el empleado en el banco para hacer la transacción de **Práctica C10-11**.

1. EMPLEADO: Buenas tardes, señor / señora / señorita. ¿En qué puedo servirle?

   USTED: (Tell him you want to know the balance in your savings account.)

   ____

2. EMPLEADO: Un momento. A ver. Hay 2.500 nuevos soles.

   USTED: (Say O.K. Tell him you want to withdraw 1.760 nuevos soles.)

   ____

3. EMPLEADO: Llene el formulario de retiro, por favor.

   USTED: (Tell him you have already filled it out. Give it to him.)

   ____

4. EMPLEADO: Muy bien.

USTED: (Now tell him you want to deposit the *nuevos soles* into your checking account. Say you have filled out the deposit slip.)

____

____

5. EMPLEADO: Muy bien. ¿Es todo?

USTED: (Tell him you want to send a foreign draft for $40 as a birthday gift to a friend in the U.S.)

____

____

6. EMPLEADO: Bueno. ¿Tiene Ud. el nombre de su banco?

USTED: (Say yes. Give him the name of your friend's bank.)

____

7. EMPLEADO: Aquí lo tiene Ud. Adiós, señor / señora / señorita.

USTED: (Tell him good-bye and leave.)

____

C10-13 El pluscuamperfecto *(past perfect).*

Escriba las formas del pluscuamperfecto que correspondan a los sujetos dados.

	ARREGLARSE	INVERTIR
1. Miguel y yo	______	______
2. tú	______	______
3. ellas	______	______
4. yo	______	______
5. la Sra. Ruiz	______	______
6. Ud.	______	______

C10-14 Unas actividades.

Explique lo que las siguientes personas ya habían hecho esta mañana antes del mediodía.

Modelo El Dr. Vargas / depositar $1.000
El Dr. Vargas había depositado mil dólares.

1. tú / escribir cuatro cheques

____

2. mis padres y yo / resolver el problema de la cuenta corriente

____

3. Los Estrada / pedir prestado $10.000

4. La Sra. Rodó / poner unos documentos importantes en la caja de seguridad

5. Uds. / leer información sobre las hipotecas

6. yo / hacer el pago inicial del préstamo estudiantil

C10-15 Antes de las clases.

Explique lo que Ud. había hecho ayer para la medianoche.

C10-16 ¿Cuánto tiempo hace...?

Ud. tiene un problema con el saldo de su cuenta corriente. Conteste las preguntas en el formulario bancario para ayudar al banco a resolver el problema.

Modelo depositar dinero en este banco (5 años)
Hace cinco años que deposito dinero en este banco.

1. ser cliente del banco (5 años)

2. tener una cuenta corriente (5 años)

3. alquilar una caja de seguridad (1 año)

4. pagar a plazos (3 años)

____

5. ahorrar dinero en una cuenta (6 meses)

____

6. no averiguar el saldo de la cuenta (3 meses)

____

C10-17 Cheques. Ud. es el (la) contador(-a) en una empresa multinacional en Madrid. Complete los cheques para los pedidos escribiendo el importe en letras. Cuidado con la concordancia *(agreement)* de los números.

1. (23.486) _______________________________ euros
2. (1.000.000) _______________________________ euros
3. (375.000) _______________________________ euros
4. (57.612) _______________________________ euros
5. (74.531) _______________________________ euros
6. (16.050) _______________________________ euros

A recordar

Review the following situations and tasks that have been presented and practiced in this chapter.

- Make a business phone call.
- Discuss completed past actions.
- Explain what you hope has happened.
- Discuss reciprocal actions.
- Complete simple banking tasks.
- Talk about actions completed before other actions.
- Explain the duration of actions.
- Express quantities.
- Write a simple business letter.

Nombre ______________________ Fecha ______________

EXPANSIÓN DE VOCABULARIO

DUDAS DE VOCABULARIO

to save: ahorrar / conservar / guardar / salvar

ahorrar: *to save money*

Es importante ahorrar dinero para el futuro.	*It is important to save money for the future.*

conservar: *to keep, preserve*

Mis padres conservaron todas las fotos de mi niñez.	*My parents kept all the pictures of my childhood.*
Ella conserva su buen humor aun en los momentos más difíciles.	*She keeps her good humor even in the most difficult moments.*

guardar: *to keep, to put away*

Por favor, guarda todas tus cosas.	*Please put all your things away.*

salvar:*to rescue something or someone*

El perro salvó la vida del niño.	*The dog saved the child's life.*

yet / still: todavía / todavía no

todavía: *still*

Están trabajando todavía.	*They're still working.*

todavía no: *still… not / not yet*

Todavía no han terminado.	*They still have not / They have not yet finished.*

already / anymore: ya / ya no

ya: *already*

Ya han terminado la tarea y ahora van al cine.	*They have already finished their homework and now they're going to the movies.*

ya no: *not… anymore / no longer*

Alicia ya no vive aquí.	*Alicia doesn't live here anymore / no longer lives here.*

must / have to: deber / tener que / (no) hay que

deber: *must, ought to, should; indicates an obligation*

Debes invertir tu dinero sabiamente.	*You must invest your money wisely.*

tener que + infinitive: *to have to; indicates a strong necessity*

Quisiera ir a bailar pero tengo que estudiar.	*I would like to go dancing, but I have to study.*

hay que: *one must; an impersonal statement of obligation*

Hay que trabajar mucho para triunfar en la vida.	*One must work hard in order to succeed in life.*

no hay que: *one must not; a strong statement of necessity*

No hay que llegar tarde a la cita con el jefe.	*One must not arrive late for the appointment with the boss.*

Práctica

C10-18 Las obligaciones de Roberto. Clarifique las obligaciones de Roberto al completar las oraciones con la forma adecuada de ***deber / tener que / hay que.***

Roberto sabe que para tener éxito en el mundo de los negocios (1) ________________ comprender las finanzas. Por eso Roberto estudia contabilidad. (2) ________________ estudiar mucho esta noche porque tiene un examen mañana. Pero antes de salir a la biblioteca (3) ________________ llamar a su novia.

C10-19 La Sra. Valdés. Explique lo que la Sra. Valdés ha hecho en las siguientes situaciones. Complete las oraciones con la forma adecuada de ***ahorrar / conservar / guardar / salvar.***

Hace muchos años que la Sra. Valdés vive en los EE.UU. pero todavía (1) ________________ buenos recuerdos de su juventud en Centroamérica. Después de (2) ________________ mucho dinero, hizo un viaje a Guatemala para ver a su familia. Mientras estaba allí (3) ________________ su dinero y sus joyas en una caja en su cuarto. Un día hubo un terremoto *(earthquake)*, pero afortunadamente un joven (4) ________________ a la señora y su caja del desastre.

C10-20 La vida universitaria de Mario. Describa lo que hace la siguiente persona. Complete las oraciones con ***todavía / ya / ya no.***

Mario tiene sólo diecinueve años y (1) ________________ se ha graduado de la universidad. (2)________________ estudia porque tiene un buen puesto pero (3) ________________ visita a sus amigos universitarios.

AMPLIACIÓN

Professions

The following suffixes are often used to indicate jobs, careers, and professions.

1. SUFFIX **-ista** = *-ist*

   dentista = *dentist*

   The suffix **-ista** is both masculine and feminine; gender is shown by the article: **el dentista** = *the male dentist*; **la dentista** = *the female dentist.* Plural forms end in **-s: los (las) dentistas.**

2. SUFFIX **-ero** = *-er*

   carpintero = *carpenter*

   The suffix **-ero** has four endings to indicate number and gender: **el (los) carpintero(-s); la(-s) carpintera(-s).**

3. SUFFIX **-or** = *-or*

   doctor = *doctor*

   There are four forms to indicate number and gender. The feminine singular is formed by adding the letter **-a** to the masculine singular ending: **el doctor, los doctores, la doctora, las doctoras.**

Nombre ______________________________ **Fecha** ______________

Práctica

C10-21 Dé la forma inglesa para las siguientes profesiones.

1. el cocinero ______________________________
2. la oficinista ______________________________
3. el zapatero ______________________________
4. el electricista ______________________________
5. la cajera ______________________________
6. la contadora ______________________________
7. el futbolista ______________________________
8. el trabajador ______________________________

C10-22 Dé la forma española para las siguientes profesiones.

1. receptionist ______________________________
2. waitress ______________________________
3. carpenter ______________________________
4. stockbroker ______________________________
5. professor ______________________________
6. financier ______________________________
7. artist ______________________________
8. programmer ______________________________

C10-23 Complete las oraciones con una profesión que termina con la forma adecuada de ***-ista, -ero*** u ***-or***.

1. Una ______________________________ enseña en una universidad.
2. Un ______________________________ construye edificios o muebles.
3. Una ______________________________ crea la publicidad para una empresa.
4. Una ______________________________ arregla los dientes.
5. Un ______________________________ hace o vende joyas.
6. Un ______________________________ prepara las comidas en un restaurante.

Bienvenidos al Cono Sur: Argentina, Chile, Paraguay, Uruguay

CBV VI-1 Adivinanza. Para descubrir la palabra en la caja vertical, escriba en las líneas horizontales las palabras que correspondan a las definiciones de cada número.

1. ___ ___ ___ ___ ___ [___] ___ ___ ___ ___ ___

2. ___ ___ [___] ___ ___

3. ___ ___ ___ [___] ___

4. ___ ___ [___] ___ ___ ___ ___ ___ ___

5. ___ ___ ___ [___] ___ ___ ___ ___

6. ___ ___ [___] ___ ___ ___ ___

7. ___ [___] ___ ___ ___ ___

8. ___ [___] ___ ___ ___

1. La capital de la Argentina
2. La región al norte de la Argentina
3. Un producto importante de la Argentina
4. La región al sur de la Argentina
5. El océano al oeste de Chile
6. El desierto en el norte de Chile
7. Las cataratas en la frontera de la Argentina, el Brasil y el Paraguay
8. Un producto importante de Chile

Nombre ______________________________ **Fecha** ______________

CBV VI-2 El mapa. Usando oraciones completas conteste las siguientes preguntas sobre la Argentina, Chile, el Paraguay y el Uruguay.

1. Describa la geografía de los siguientes países.

   la Argentina ______________________________

   ____

   Chile ______________________________

   ____

   el Paraguay ______________________________

   ____

   el Uruguay ______________________________

   ____

2. ¿Cuál es la población de la Argentina? ______________________________

   ¿de Chile? ______________________________

   ¿del Paraguay? ______________________________

   ¿del Uruguay? ______________________________

3. ¿Cuál es la moneda de la Argentina? ______________________________

   ¿de Chile? ______________________________

   ¿del Paraguay? ______________________________

   ¿del Uruguay? ______________________________

4. ¿Cuáles son los productos principales de la Argentina? ______________________________

   ____

   ¿de Chile? ______________________________

   ____

   ¿del Paraguay? ______________________________

   ____

   ¿del Uruguay? ______________________________

   ____

Capítulo 11

De viaje

PRIMERA SITUACIÓN

C11-1 En el aeropuerto. Describa la escena en el aeropuerto. Explique por qué hay tanta gente en la sala de espera.

Nombre ______________________________ Fecha ______________

C11-2 Un(-a) pasajero(-a). Ud. es un(-a) pasajero(-a) en el aeropuerto de Santiago. Complete la siguiente conversación entre Ud. y una empleada de la aerolínea LanChile.

1. EMPLEADA: Buenos días, señor / señora / señorita. ¿En qué puedo servirle?

   USTED: (Explain that you need a one-way ticket from Santiago to Caracas and that you need to leave as soon as possible.)

   ____

   ____

2. EMPLEADA: Muy bien. Su pasaporte, por favor.

   USTED: (Hand it to her. Say you'll pay for the ticket with a credit card.)

   ____

   ____

3. EMPLEADA: Está bien. ¿Tiene equipaje?

   USTED: (Answer yes. Ask to have it checked.)

   ____

4. EMPLEADA: Muy bien. ¿Dónde prefiere Ud. sentarse?

   USTED: (Explain you would like an aisle seat.)

   ____

   ____

5. EMPLEADA: Lo siento, señor / señora / señorita, pero no nos queda ningún asiento en el pasillo.

   USTED: (Express your disappointment. Ask at what time the flight leaves.)

   ____

   ____

6. EMPLEADA: A las once y cuarto. Aquí tiene su pasaporte y su tarjeta de embarque.

   USTED: (Ask what gate you'll leave from.)

   ____

7. EMPLEADA: Por la puerta de embarque número catorce.

   USTED: (Ask what time you'll start boarding.)

   ____

8. EMPLEADA: Dentro de unos veinte minutos. Adiós y buen viaje.

   USTED: (Thank her for all she's done and say good-bye.)

   ____

C11-3 Unos deseos. Explique lo que el agente de viajes quería que hicieran sus clientes. Escriba las formas del imperfecto del subjuntivo que corresponden a los sujetos dados.

➜ **Modelo** viajar y divertirse / Margarita
El agente de viajes quería que Margarita viajara y se divirtiera.

El agente de viajes quería que...

	VIAJAR	DIVERTIRSE
1. Celia y Roberto	______________	______________
2. yo	______________	______________
3. los Sres. Lado	______________	______________
4. Joaquín y yo	______________	______________
5. tú	______________	______________
6. Fernando	______________	______________

C11-4 Unas formas irregulares. Escriba las formas de la tercera persona plural del pretérito y después la tercera persona plural del imperfecto del subjuntivo para los siguientes infinitivos.

	EL PRETÉRITO	EL IMPERFECTO DEL SUBJUNTIVO
1. hacer	______________	______________
2. tener	______________	______________
3. decir	______________	______________
4. dormir	______________	______________
5. leer	______________	______________
6. estar	______________	______________
7. ir	______________	______________
8. saber	______________	______________
9. poder	______________	______________
10. dar	______________	______________
11. traducir	______________	______________
12. ser	______________	______________
13. poner	______________	______________
14. oír	______________	______________

Nombre ______________________________ Fecha ______________

C11-5 En la terminal. Explique lo que el empleado de una aerolínea le aconsejó a un pasajero nervioso.

Modelo abordar a tiempo
El empleado le aconsejó al pasajero que abordara a tiempo.

1. facturar el equipaje

____

2. no perder la tarjeta de embarque

____

3. tener paciencia

____

4. poner las etiquetas en las maletas

____

5. despedirse de la familia en la sala de espera

____

6. no comer ni beber mucho antes del vuelo

____

C11-6 El (La) agente de viajes. Un grupo de estudiantes de intercambio acaba de salir para Chile. Explique lo que el (la) agente de viajes les recomendó que hicieran antes de salir.

Modelo comprar un billete de ida y vuelta
El agente les recomendó que compraran un billete de ida y vuelta.

1. hacer una reservación

____

2. conseguir el pasaporte con mucha anticipación

____

3. sentarse al lado del pasillo

____

4. saber el número del vuelo

____

5. tener cuidado

____

6. no llevar mucho equipaje

____

C11-7 La azafata descortés.

Para ayudar a esta azafata a ser más cortés, escriba de otra manera las siguientes frases.

1. ¿Qué quiere beber Ud.?

____

2. ¿Puede Ud. poner su equipaje de mano debajo del asiento?

____

3. Ud. debe abrocharse el cinturón.

____

4. Quiero ver su tarjeta de embarque.

____

5. Siéntese en el asiento del pasillo.

____

C11-8 Un viaje a Chile.

Explique bajo qué circunstancias las siguientes personas irían a Chile.

Modelo el Sr. Valero / tener más tiempo
El Sr. Valero iría a Chile si tuviera más tiempo.

1. yo / no tener que trabajar

____

2. la Srta. Ocampo / conocer a alguien en Santiago

____

3. Roberto y Daniel / hablar mejor el español

____

4. tú / terminar tus cursos

____

5. mi familia y yo / ganar más dinero

____

C11-9 Los pasajeros cansados. Explique lo que harían los pasajeros del dibujo de **Práctica C11-1** si tuvieran la oportunidad. Varíe sus respuestas.

1. El piloto ______________________________

____

2. La madre ______________________________

____

3. El hijo ______________________________

____

4. Los hombres de negocios ______________________________

____

5. La anciana ______________________________

____

6. El joven ______________________________

____

C11-10 ¿Qué haría Ud.? Explique lo que Ud. haría si tuviera mucho tiempo y dinero.

____

____

____

____

____

____

____

____

SEGUNDA SITUACIÓN

C11-11 El Hotel Solimar. Ud. trabaja en una agencia de publicidad y uno de sus clientes es el Hotel Solimar. Los dibujos a continuacíon van a aparecer en un folleto de publicidad para el hotel. Ud. tiene que escribir el texto de propaganda. Describa el hotel incluyendo información sobre las habitaciones, los servicios y su ubicación *(location)*.

Nombre ______________________________ Fecha ______________

C11-12 Los empleados. El folleto del Hotel Solimar también va a incluir fotos de varios empleados. Al lado de las fotos Ud. tiene que explicar qué hacen estos empleados y cómo son.

Julio Montoya ______________________________

Botones ______________________________

____

____

Dolores Rodríguez ______________________________

Criada ______________________________

____

____

Carlos Ruiz Estrada ______________________________

Conserje ______________________________

____

____

Juan Díaz ______________________________

Portero ______________________________

____

____

Silvia López del Río ______________________________

Recepcionista ______________________________

____

____

C11-13 En el hotel. Ud. viaja con dos amigos(-as) en Chile. Uds. llegan a Viña del Mar y de repente deciden quedarse unos días. Complete la siguiente conversación con el recepcionista en el Hotel Las Brisas.

1. RECEPCIONISTA: Buenas tardes, señor / señora / señorita. ¿En qué puedo servirle?
   USTED: (Explique que necesita una habitación.)

   ____

2. RECEPCIONISTA: ¿Tiene Ud. una reservación?
   USTED: (Conteste negativamente. Explique por qué.)

   ____

3. RECEPCIONISTA: Y ¿qué tipo de habitación necesita Ud.?
   USTED: (Responda.)

   ____

4. RECEPCIONISTA: Muy bien. ¿En qué sección del hotel prefiere su habitación?
   USTED: (Responda.)

   ____

5. RECEPCIONISTA: Bueno.
   USTED: (Ud. quiere saber qué servicios hay.)

   ____

6. RECEPCIONISTA: La habitación tiene aire acondicionado y un televisor a colores. El hotel tiene una piscina, dos restaurantes y buen servicio de habitación.
   USTED: (Decide quedarse en el hotel por tres días.)

   ____

7. RECEPCIONISTA: Muy bien. Aquí tiene Ud. la llave. Su habitación está en el sexto piso, número 643.
   USTED: (Dígale que Uds. tienen mucho equipaje y desean que alguien lo suba.)

   ____

   ____

   RECEPCIONISTA: No hay problema. Que disfruten de su estancia en Viña del Mar.

Nombre ______________________________ Fecha ______________

C11-14 Un(-a) estudiante de intercambio.

Ud. va a pasar el año que viene en Santiago como estudiante de intercambio. Sus padres tienen muchas preguntas acerca del programa. Escríbales a sus padres contestando sus preguntas.

Modelo ¿Vivirás en la residencia estudiantil? (hasta que / conseguir un apartamento)
Sí, viviré en la residencia estudiantil hasta que consiga un apartamento.

1. ¿Buscarás trabajo? (tan pronto como / poder)

____

____

2. ¿Te adaptarás? (con tal que / aprender la lengua)

____

____

3. ¿Tendrás muchos problemas? (hasta que / conocer a otros estudiantes)

____

____

4. ¿Visitarás otros sitios turísticos? (después que / terminar el primer semestre)

____

____

5. ¿Esquiarás en Portillo? (a menos que / no haber nieve)

____

____

6. ¿Nos llamarás? (para que / Uds. saber lo que pasa)

____

____

C11-15 El futuro perfecto.

Escriba las formas del futuro perfecto que correspondan a los sujetos dados.

	ALOJARSE	SALIR
1. Ud.	____________	____________
2. mis amigos	____________	____________
3. tú	____________	____________

4. nosotros ______________________ ______________________

5. David ______________________ ______________________

6. yo ______________________ ______________________

C11-16 Un viaje a Chile. Ud. está encargado(-a) de un grupo que sale hoy para Chile. Explique lo que los miembros de su grupo habrán hecho antes de salir.

➜ **Modelo** todos / comprar un billete
Todos habrán comprado un billete.

1. Manolo / escribir al hotel

____

2. tú / despedirse de su familia

____

3. todos nosotros / conseguir una habitación

____

4. Felipe y Elena / leer una guía

____

5. la Sra. Prado / hacer las maletas

____

6. los Muñoz / pagar los billetes

____

C11-17 Sus sueños. Escríbales una carta a sus padres explicándoles lo que Ud. habrá hecho dentro de los próximos cinco años.

______________________:

____

____

____

____

____

____

Nombre ______________________________ Fecha ______________

____

____

____

____

____

____

____

____

______________________,

A recordar

Review the following situations and tasks that have been presented and practiced in this chapter.

- Buy a ticket and board a plane.
- Explain previous wants, advice, and doubts.
- Make polite requests.
- Discuss contrary-to-fact situations.
- Explain and hypothesize.
- Obtain a hotel room.
- Explain when actions will occur.
- Describe future actions that will take place before other future actions.

EXPANSIÓN DE VOCABULARIO

DUDAS DE VOCABULARIO

What is? What are?: ¿Qué es (son)...? ¿Cuál es...? (Cuáles son...?)

¿Qué es (son)…?: *What is (are)…?; asks for a definition.*

—¿Qué es la marinera?	*What's "la marinera"?*
—Es un baile típico del Perú.	*It's a typical Peruvian dance.*
—¿Qué son esos edificios?	*What are those buildings?*
—Son edificios del gobierno.	*They are government buildings.*

¿Cuál es…? (¿Cuáles son…?): *Which one(s)…?, What…?; implies a choice of two or more persons, places, or things.*

—¿Cuál es la capital de Chile?	*What is the capital of Chile?*
—Santiago, por supuesto.	*Santiago, of course.*
—¿Cuáles son las ciudades más importantes de Chile?	*Which are the most important cities in Chile?*
—Son Santiago, Concepción y Valparaíso.	*They are Santiago, Concepción, and Valparaíso.*

to miss: perder / extrañar / echar de menos / faltar a

perder: *to miss, to fail to get something*

Perdí el autobús / tren / avión de las dos. Tendré que esperar una hora más.	*I missed the two o'clock bus / train / plane. I'll have to wait another hour.*
Perdimos la oportunidad de entrevistar a ese famoso autor chileno.	*We missed the chance to interview that famous Chilean writer.*

extrañar / echar de menos: *to miss someone or something that is absent or distant*

Extraño Chile, a su gente y su comida.	*I miss Chile, its people, and its food.*

faltar a: *to miss, be absent from*

Él faltó a clases el 70% de las veces y todavía se quejaba de sus notas.	*He was absent from class 70% of the time and still complained about his grades.*

to leave: dejar / irse / partir / salir

dejar: *to leave something behind*

Dejé mi maleta en el hotel.	*I left my suitcase at the hotel.*

irse: *to go away, to leave.* ***Irse*** *is often used when no destination is mentioned.*

Se fueron sin pagar la cuenta.	*They left without paying the bill.*

partir: *to leave, depart; to set off for*

El avión partió a medianoche.	*The plane left / departed at midnight.*

salir (de): *to leave (a place)*

Salí de Santiago a las ocho en punto.	*I left Santiago at eight o'clock.*

Práctica

C11-18 De viaje en Chile. Ud. está de vacaciones en Chile y necesita pedir mucha información. Haga preguntas usando ***¿Qué es? / ¿Qué son?*** o ***¿Cuál es? / ¿Cuáles son?***

1. ¿______________________________ la ciudad más grande de Chile?
2. ¿______________________________ el número de mi habitación?
3. ¿______________________________ Viña del Mar?
4. ¿______________________________ unos sitios interesantes para visitar?
5. ¿______________________________ aquellos edificios?

C11-19 Enrique, el nervioso. Explique lo que le molesta a Enrique cuando viaja. Complete con la forma adecuada de ***echar de menos / extrañar / faltar / perder.***

1. No me gusta viajar. En realidad no me gusta ____________________ al trabajo por mucho tiempo.
2. Tengo miedo de ____________________ el avión; por eso nunca llego tarde al aeropuerto.
3. Cuando viajo solo siempre ____________________ a mi familia.

Nombre ______________________________ Fecha ______________

C11-20 Una carta de Adolfo.

Complete esta carta con la forma adecuada de ***dejar / partir / salir.***

Voy a (1) ______________ de mi hotel el domingo a las 10. El avión (2)______________ más tarde, a mediodía. Necesito tener mucho cuidado porque la última vez que vine aquí (3) ______________ mi billete dentro de la habitación del hotel.

AMPLIACIÓN

Spanish equivalent of English words beginning with *sc-, sp-, st-*

Spanish doesn't allow the English consonant pairs **sc-, sp-, st-** at the beginning of a word. The Spanish equivalents generally are preceded by the letter **e-.**

1. **esc-** = *sc-*
   la escena = *scene*
2. **esp-** = *sp-*
   el español = *Spanish*
3. **est-** = *st-*
   la estampilla = *stamp*

Práctica

C11-21 Dé la forma inglesa de las siguientes palabras.

1. la escala ______________
2. el escándalo ______________
3. el escultor ______________
4. el espacio ______________
5. la espinaca ______________
6. el (la) espía ______________
7. el estado ______________
8. el estilo ______________
9. la estatua ______________

C11-22 Dé la forma española de las siguientes palabras.

1. scene ______________
2. school ______________
3. sponge ______________

4. specialty ______________________________

5. stomach ______________________________

6. stadium ______________________________

7. student ______________________________

8. stamp ______________________________

C11-23 Complete las oraciones con una palabra empezando con ***esc-***, ***esp-*** o ***est-***.

1. Antes de enviar una carta tenemos que poner una ______________ en el sobre.
2. La ______________ del Restaurante Brisamar es la paella valenciana.
3. Los niños de seis a doce años van a la ______________ primaria.
4. Miguel Ángel fue un famoso ______________ italiano. Hizo muchas ______________, incluyendo El David y La Pietà.
5. Hay cincuenta ______________ en los EE.UU.
6. En los platos picantes hay muchas ______________ como la pimienta, el pimentón, el comino y el orégano.

Nombre ______________________________ Fecha ______________

Capítulo 12

Los deportes

PRIMERA SITUACIÓN

C12-1 El programa atlético. El (La) nuevo(-a) director(-a) atlético(-a) de su universidad quiere que Ud. les explique a los estudiantes su programa atlético para el futuro. Prepare un folleto incluyendo información sobre los deportes, los lugares donde se juegan y el equipo deportivo necesario. Incluya por lo menos seis deportes divididos entre deportes para hombres y mujeres y deportes interuniversitarios e intramurales.

Deportes	Edificios y campos	Equipo deportivo

C12-2 Su equipo favorito. ¿Qué preguntaría o respondería Ud. en las siguientes situaciones?

1. Ud. tenía que trabajar y no pudo ir al partido ni escucharlo por la radio.

____

2. Su equipo favorito ganó el campeonato.

____

3. Su equipo favorito perdió el último partido.

____

4. El (La) mejor jugador(-a) se lastimó.

____

5. Su jugador(-a) favorito(-a) marcó muchos puntos.

____

C12-3 El condicional perfecto. Escriba las formas del condicional perfecto que corresponden a los sujetos dados.

	PRACTICAR	CORRER
1. el equipo	____________	____________
2. yo	____________	____________
3. ellas	____________	____________
4. tú	____________	____________
5. Teresa y yo	____________	____________
6. Uds.	____________	____________

C12-4 Con más habilidad. Las siguientes personas son poco atléticas. ¿Qué habrían hecho en la escuela secundaria si hubieran tenido más habilidad?

Modelo Francisco / jugar al béisbol
Francisco habría jugado al béisbol.

1. Mateo y yo / practicar gimnasia

____

2. tú / correr

____

3. Gustavo y Nicolás / ponerse en forma

____

4. yo / entrenarse más

____

5. Silvia / hacer ejercicios aeróbicos

____

6. Uds. / ganar el campeonato

____

C12-5 Los deseos del entrenador. Explique lo que el entrenador quería que hubieran hecho estas personas. Escriba las formas del pluscuamperfecto del subjuntivo que corresponden a los sujetos dados.

Modelo el equipo / entrenarse bien
El entrenador quería que el equipo se hubiera entrenado bien.

1. tú ____
2. yo ____
3. Tomás y yo ____
4. José Luis ____
5. todos ____
6. Ud. ____

C12-6 Las necesidades. Las siguientes personas salieron ayer para jugar en las finales de básquetbol. Explique lo que era necesario que hubieran hecho antes de salir.

Modelo todos / practicar
Era necesario que todos hubieran practicado mucho.

1. el entrenador / entrenarlos bien

____

2. yo / hacer ejercicios

____

3. mi amigo(-a) y yo / ponerse en forma

____

4. los jugadores / correr cada día

____

5. tú / ir al gimnasio todos los días

____

C12-7 Con más suerte. Explique lo que les habría ocurrido a estos atletas si hubieran tenido más suerte.

Modelo Rafael Gómez / ganar el partido
Si hubiera tenido más suerte, Rafael Gómez habría ganado el partido.

1. Juanita Sánchez / ganar el campeonato

____

2. tú / recibir más puntos

____

3. Uds. / coger todas las pelotas

____

4. los futbolistas / patear mejor

____

5. yo / jugar bien

____

6. el jugador de béisbol y yo / tirar la pelota bien

____

C12-8 El campeonato. Ud. es el (la) entrenador(-a) de un equipo de béisbol que nunca sigue sus consejos y por eso su equipo perdió el campeonato. Dígales a los miembros de su equipo que no habrían perdido el campeonato si hubieran escuchado sus consejos.

Modelo comer bien todo el año
Uds. no habrían perdido el campeonato si hubieran comido bien todo el año.

1. jugar bien

____

2. hacer ejercicios de calentamiento

____

3. mantenerse en forma

____

4. escucharme

____

Nombre ______________________ Fecha ______________

5. correr rápidamente

____

6. tener árbitros justos

____

C12-9 En la escuela secundaria. Ud. está pensando en los días de la escuela secundaria. Explique lo que habría hecho si hubiera tenido más ***tiempo / dinero / habilidad / oportunidades.***

SEGUNDA SITUACIÓN

C12-10 ¿Qué les duele? Explique lo que les duele a las personas en el dibujo. (Los números de las personas en el dibujo corresponden a los números de la práctica.)

1. A la señora ____

2. A la muchacha ____

3. Al joven ____

4. Al hombre ____

5. A la anciana ____

6. Al niño ____

Nombre ______________________ Fecha ______________

C12-11 Los síntomas y los remedios. Describa los síntomas para las siguientes enfermedades y sugiera un remedio.

1. la gripe ______________________

____

____

2. el insomnio ______________________

____

3. la pulmonía ______________________

____

4. un catarro ______________________

____

____

C12-12 La conmiseración. Ud. es el (la) médico(-a) del consultorio del dibujo de **Práctica C12-10**. Escríbales una tarjeta a todos los pacientes expresándoles su conmiseración y sus buenos deseos. Varíe sus expresiones.

1. ______________________

____

2. ______________________

____

3. ______________________

____

4. ______________________

____

5. ______________________

____

6. ______________________

____

C12-13 ¡La mala suerte! Explique lo que les pasó a las personas del dibujo de **Práctica C12-10**. Use frases de la siguiente lista.

caer un libro	**olvidar las píldoras**
dañar el dedo	**perder las gafas**
olvidar el impermeable	**romper el tobillo**

Modelo El niño estaba en la biblioteca leyendo un libro muy grande.
Se le cayó un libro grande al niño.

1. La señora caminaba por el parque. Estaba lloviendo y no llevaba ni impermeable ni paraguas.

____

2. La muchacha se quemó en la cocina porque no podía ver bien.

____

3. El joven estaba jugando al fútbol.

____

4. El hombre estaba trabajando muchas horas en el jardín y no recordó tomar sus píldoras.

____

5. La anciana estaba cortando cebollas con mucha prisa.

____

C12-14 En el consultorio. Explique quiénes son las personas en el dibujo de **Práctica C12-10**. Siga el modelo.

Modelo La Srta. Morelos es enfermera. La Srta. Morelos ayuda a los pacientes.
La Srta. Morelos es la enfermera que ayuda a los pacientes.

1. La señora tiene catarro. La señora caminó por el parque sin impermeable.

____

2. La muchacha ayudó a su madre en la cocina. La muchacha se quemó.

____

3. Ayer el joven jugó al fútbol norteamericano. El joven se fracturó el tobillo.

____

4. El hombre trabajó en su jardín ayer. El hombre se lastimó el hombro.

____

5. La mujer anciana cocinó una cena especial anoche. La mujer se cortó un dedo.

____

6. El niño jugó al béisbol en el parque. El niño se rompió una pierna.

____

C12-15 ¿Qué es esto?

Explique qué son las siguientes cosas. Combine las dos oraciones en una nueva oración usando una preposición y una forma de ***el que*** o ***el cual.***

Modelo Éste es el consultorio. El médico ayuda a los pacientes en el consultorio.
Éste es el consultorio en el cual el médico ayuda a los pacientes.

1. Éstos son los antibióticos. Los médicos no curan muchas enfermedades sin los antibióticos.

____

____

2. Ésta es la farmacia. Preparan recetas dentro de la farmacia.

____

____

3. Éstas son las pastillas. Pagué cien dólares por estas pastillas.

____

____

4. Éste es el jarabe. Espero mejorarme con este jarabe.

____

____

5. Éstas son mis vitaminas. Nunca viajo sin las vitaminas.

____

____

C12-16 Para evitar un accidente. Su amigo(-a) se ha lastimado jugando al tenis. Escríbale una carta expresando su conmiseración y sus deseos para el futuro. También explíquele que habría evitado el problema si hubiera escuchado sus consejos.

______________________________:

____

____

____

____

____

____

____

____

____

____

____

____

____

____

__________________________________,

A recordar

Review the following situations and tasks that have been presented and practiced in this chapter.

- Discuss sports and games.
- Explain what you would have done under certain conditions.
- Discuss what you hoped would have happened.
- Discuss contrary-to-fact situations.
- Describe illnesses and medical problems.
- Express sympathy and good wishes.
- Discuss unexpected events.
- Link ideas.

EXPANSIÓN DE VOCABULARIO

DUDAS DE VOCABULARIO

game: el juego / el deporte / el partido

el juego: *game*

A mí no me gustan los juegos de mesa.	*I don't like board games.*

el deporte: *sport*

Nuestro deporte favorito es el volibol, pero también practicamos el tenis.	*Our favorite sport is volleyball, but we also play tennis.*

el partido: *game, match*

¿A qué hora empieza el partido de fútbol?	*At what time does the soccer match / game start?*

to play: jugar / tocar

jugar: *to play a game*

Él jugaba al fútbol cuando estaba en secundaria.	*He played soccer when he was in high school.*

tocar: *to play an instrument*

Siempre quería aprender a tocar el piano.	*I always wanted to learn how to play the piano.*

to hurt: doler / lastimar / hacer daño / ofender

doler: *to ache, feel pain; either physical or emotional*

¿Te duele la rodilla?	*Does your knee hurt?*
Su indiferencia me dolió mucho.	*His (Her) indifference hurt me a lot.*

lastimar: *to injure, hurt*

Carlos se lastimó durante el partido de fútbol.	*Carlos injured himself during the soccer game.*

hacer daño: *to harm*

El fumar hace daño.	*Smoking is harmful.*

ofender: *to offend*

Como él no le agradeció su regalo, ella se ofendió.	*Since he did not thank her for her gift, she got offended.*

Práctica

C12-17 Los gemelos. Complete la descripción de Emilio y Alberto con una forma adecuada de ***el juego / el deporte / el partido / jugar / tocar.***

Emilio y Alberto son gemelos pero no les interesan las mismas cosas. Emilio es muy atlético; (1) ______________ ______________ al fútbol y al béisbol, pero su deporte favorito es el básquetbol. Todos los fines de semana participa en un (2) ______________ de básquetbol o mira uno en la televisión. Por otra parte Alberto es más intelectual. (3) ______________ el violín y el piano. Para divertirse prefiere el (4) ______________ de ajedrez.

C12-18 El doctor Ruiz. Complete este relato del Dr. Ruiz acerca de Manuel Álvarez. Use la forma adecuada de ***doler / lastimar / hacer daño / ofender.***

Manuel Álvarez se (1) ______________ jugando al fútbol norteamericano. Aunque está mucho mejor todavía le (2) ______________ mucho las rodillas. No quiero (3) ______________ a nadie, pero tengo que decirles que muchas veces los deportes son violentos y (4) ______________.

AMPLIACIÓN

Words borrowed from English

Just as English vocabulary is often composed of words borrowed from other languages, such as **plaza, taco,** or **sierra,** the Spanish language often borrows words from English. These borrowed words sometimes are admitted into Spanish without change, but often are modified to conform to Spanish rules for grammar and spelling. In order to recognize and use these English borrowings, keep in mind the following spelling changes.

1. The English consonant clusters with *h* are generally single consonants in Spanish.

ph	**photography**	=	**f**	**la fotografía**
th	**theater**	=	**t**	**el teatro**
ch	**mechanic**	=	**c**	**el mecánico**

2. English double letters are generally single letters in Spanish.

commercial	=	**el anuncio comercial**
volleyball	=	**el volibol**
tennis	=	**el tenis**

3. The prefixes **super-** *(big)*, **hiper-** *(very large)*, and **mini-** *(small)* are frequently used in Spanish; they precede nouns: **el supermercado** *(supermarket)*; **el hipermercado, el hiper** *(a very large supermarket and department store under one roof)*; **la minifalda** *(miniskirt)*.

Práctica

C12-19 Dé la forma inglesa de las siguientes palabras.

1. el volibol ______________
2. el champú ______________

3. la hamburguesa ______________________________

4. el sándwich ______________________________

5. el esquí ______________________________

6. la videocasetera ______________________________

7. el detergente ______________________________

8. los jeans ______________________________

C12-20 Dé la forma española de las siguientes palabras.

1. penicillin ______________________________

2. tennis ______________________________

3. photograph ______________________________

4. television ______________________________

5. computer ______________________________

6. baseball ______________________________

7. basketball ______________________________

8. aerobics ______________________________

C12-21 Defina o describa las siguientes palabras.

1. el ketchup ______________________________

____

____

2. el antibiótico ______________________________

____

____

3. el golf ______________________________

____

____

4. la minifalda ______________________________

____

____

5. la margarina ______________________________

____

____

6. el jogging ______________________________

____

____

Manual de laboratorio

Capítulo preliminar

Un autorretrato

Presentación

CD 1 Track 1

MP-1 Estudiantes de intercambio. *You are helping to find roommates for the following exchange students who are coming to study at your university. Listen as each student gives a personal description and make notes on the chart. If you need to listen again, replay the recording.*

Nombre	Edad	Nacionalidad	Pasatiempos
Amalia	18	Chilena	ir de compras, jugar al tenis, ~~cantar~~ bailar
Tomás	20	~~Peruvio~~ Peruano	correr, leer novelas, escribir cartas, ver televisión
Maricarmen	19	Española	música, películas, ir ~~a~~ conciertos
Carlos	20	Mexicano	jugar fútbol, tenis, golf, ver películas
Beatriz	18	~~Venezuelana~~ Venezolana	jugar al tenis, tocar piano, hacer ejercicios, ver películas románticas

MP-2 En el aeropuerto. *You have volunteered to meet the exchange students at the airport. Listen as they describe themselves and take notes so you will be able to recognize each student. If you need to listen again, replay the recording.*

1. Amalia: blonde hair, average size? (delgada)
2. Tomás: thin, tall, black eyes
3. Maricarmen: red hair, blue eyes, gordo (large), freckles
4. Carlos: tall, moreno, athletic, black eyes
5. Beatriz: tall, [illegible], brown hair

Para escuchar bien

In this chapter you have learned to anticipate and predict what you are going to hear based on previous experiences you have had in similar situations. Now practice anticipating what will be said in the following exercises.

Nombre ______________________________ Fecha ______________

CD 1 Track 2 **MP-3 En el aeropuerto de Barajas.** *Imagine that you have just arrived in Spain and are going through customs. Listen to the following conversations, and circle* **SÍ** *if what you hear matches your expectations. Circle* **NO** *if what you hear does not match your expectations.*

1. SÍ NO

2. SÍ NO

3. SÍ NO

4. SÍ NO

5. SÍ NO

MP-4 En el centro estudiantil. *You will hear a series of short conversations in which students exchange personal information. As you listen, circle the letter of the phrase that best completes each statement. If you need to listen again, replay the recording.*

1. Los estudiantes hablan de

a. sus trabajos.

b. la ciudad donde nacieron.

c. sus familias.

d. sus pasatiempos.

2. Los pasatiempos de Joaquín son

a. hacer ejercicios y leer periódicos.

b. escribir cartas y tocar el piano.

c. ver televisión y leer novelas.

d. jugar al tenis y hacer ejercicios.

3. Claudia vive

a. sola en una residencia estudiantil.

b. con su esposo en un apartamento.

c. con sus amigos en una casa.

d. sola en un apartamento.

4. Las dos muchachas

a. trabajan en la cafetería y estudian en la universidad.

b. trabajan de las tres a las seis de la tarde y estudian por la noche.

c. estudian de las ocho a las diez de la noche y trabajan por el día.

d. necesitan dinero y trabajan poco.

Así se dice

The letters **a, e, i, o, u,** and sometimes **y** are used to represent vowel sounds in both English and Spanish, but their pronunciation in the two languages is very different. Note the following.

1. Spanish has fewer vowel sounds than English. It is generally said that Spanish has five basic sounds while English has many more.
2. Spanish vowel sounds are generally shorter than English vowel sounds. In addition, English vowel sounds often glide into or merge with other vowels to produce combination sounds. These combination sounds are called diphthongs. As a general rule, you should pronounce Spanish vowels with a short, precise sound. Listen to the difference in the pronunciation of the following two words: **me** (Spanish), *may* (English).
3. In English, vowels in unstressed positions are reduced to a neutral sound similar to *uh;* this neutral sound is called a *schwa.* The letter **i** in the English word *president* is pronounced in this fashion. Compare the pronunciation of the letter **i** in the Spanish and English words: **presidente,** *president.*

Práctica

CD 1 Track 3 **MP-5** *Now listen to the following pairs of words and decide if the first word of each pair is a Spanish or an English word. Circle your answer. Each pair of words will be repeated.*

1. español inglés | **4.** español inglés
2. español inglés | **5.** español inglés
3. español inglés | **6.** español inglés

MP-6 *Now listen to the following pairs of words and decide if the first word of each pair is a Spanish or an English word. Circle your answer. Each pair of words will be repeated.*

1. español inglés | **4.** español inglés
2. español inglés | **5.** español inglés
3. español inglés | **6.** español inglés

Now concentrate on the Spanish vowel sound /a/. In a stressed or unstressed position the Spanish /a/ is pronounced similarly to the /a/ sound of the English word *father;* it is spelled **a** or **ha.**

Práctica

MP-7 *Listen to the following sentences and mark how many times you hear the sound /a/. Each sentence will be repeated.*

1. __________ **2.** __________ **3.** __________ **4.** __________

Nombre ______________________________ Fecha ______________

MP-8 *Listen to the following Spanish words with the /a/ sound and repeat each after the speaker.*

1. a
2. ala
3. ama
4. ésa
5. bala
6. mano
7. estado
8. pasea
9. moza
10. tarjeta
11. identidad
12. pasaporte
13. Caracas
14. Barajas
15. Granada
16. Madrid
17. Sevilla
18. ciudad

MP-9 Listen and repeat each sentence of the following minidialogues after the speaker.

1. —Estoy muy preocupada.
   —Yo también.
2. —Estoy exhausta.
   —A mí me pasa lo mismo.
3. —¿Cuándo descansas?
   —Los fines de semana.

Estructuras

CD 1 Track 4 **MP-10 Números de identidad.** *You are talking on the telephone to a secretary in the Registrar's Office of your university. She is reading the exchange students' identification numbers to you. Repeat each number and then match the student with his or her identification number. Each number will be repeated.*

1. ________ Amalia Lázaro
2. ________ Tomás Fernández
3. ________ Maricarmen Tizón
4. ________ Carlos Carranza
5. ________ Beatriz González

a. 66-76-35
b. 53-13-07
c. 03-58-96
d. 42-17-29
e. 21-49-87

MP-11 ¿A qué hora? *You have called the airport for information about the following flights which are arriving tomorrow. Listen to the flight numbers and arrival times and write the information below. The flight information will be repeated.*

1. Guadalajara, México Vuelo ______________ ______________
2. Santiago de Chile Vuelo ______________ ______________
3. Sevilla, España Vuelo ______________ ______________
4. Arequipa, Perú Vuelo ______________ ______________
5. Caracas, Venezuela Vuelo ______________ ______________

MP-12 Los pasatiempos. *Using the cues, tell what the following people do when they have some free time. Repeat the correct answer after the speaker.*

Modelo María / practicar los deportes
María practica los deportes.

Capítulo 1

La vida de todos los días

PRIMERA SITUACIÓN

Presentación

CD 1 Track 5

M1-1 Las actividades. *Listen to the following people describe their daily activities. After each monologue you will hear three questions. Answer each question from the response given below. If you need to listen again, replay the recording.*

Monólogo 1

1. **a.** todos los días **b.** de vez en cuando **c.** nunca
2. **a.** dos veces al día **b.** nunca **c.** a veces
3. **a.** todas las noches **b.** una vez a la semana **c.** frecuentemente

Monólogo 2

1. **a.** después **b.** por último **c.** primero
2. **a.** cada lunes **b.** de vez en cuando **c.** todos los días
3. **a.** finalmente **b.** primero **c.** nunca

Monólogo 3

1. **a.** todos los días **b.** tres veces a la semana **c.** cada dos días
2. **a.** a menudo **b.** todas las noches **c.** de vez en cuando
3. **a.** frecuentemente **b.** cada fin de semana **c.** del amanecer al anochecer

Para escuchar bien

In this chapter you have learned that intonation, gestures, the topic being discussed, and the situation in which it is being given can help you understand the gist or the general idea of what the speaker is saying. Now practice getting the gist of a conversation and anticipating what the speakers will say in the following exercises.

Nombre ______________________________ Fecha ______________

CD 1 Track 6 **M1-2 La publicidad.** *You are in a Spanish-speaking country and have the radio on. When the music stops, a series of commercials begins. Listen to each and write the number of the commercial before the product or place that is being advertised. Read the possibilities before you listen to the commercials.*

_______ clases de computación _______ alfombras _______ restaurante

_______ supermercado _______ programa deportivo _______ libros

_______ artículos para el hogar _______ agencia de empleos

M1-3 Unos estudiantes hablan. *You will hear a conversation between two university students, José and Maribel. They are talking about what they have to do for their different classes. Before listening to their conversation, mark an X next to the topics you think they will discuss. Then listen to their conversation and mark the appropriate topics.*

Temas	Antes de escuchar	Después de escuchar
1. hora de levantarse y acostarse		
2. exámenes y trabajos escritos		
3. cursos que toman		
4. diversiones		
5. amigos comunes		
6. planes de verano		

Now choose the sentence that best summarizes what you heard.

1. José and Maribel are very happy, and although they have a lot of work, they enjoy their classes.
2. Maribel is good in Spanish and José is good in math so they agree to help each other.
3. José and Maribel are worried because they have a lot of work to do for their different classes.
4. José and Maribel think their professors are too demanding and they have no time left for fun.

M1-4 La vida de mi vecina. *You will hear a homemaker describing her daily routine. But before listening to her description, mark an* **X** *next to the topics you think she will talk about. Then listen to her description and mark the topics she mentions.*

Temas	Antes de escuchar	Después de escuchar
1. hora de levantarse y acostarse		
2. quehaceres domésticos *(household chores)*		
3. exámenes y trabajos escritos		
4. diversiones		
5. problemas		
6. posibles soluciones		

Now choose the sentence that best summarizes what you heard.

1. This woman seems to be very content with her life, but she occasionally gets bored and so she calls her friends on the phone.
2. Although she is satisfied with the present state of affairs, this woman is worried about her children's future and is planning to go back to work.
3. This woman's days are very busy and she does not have any time for herself. However, she is planning to go back to school.
4. This woman wakes up early in the morning and goes to bed late at night. She does all the household chores and works in an office to pay for her children's education.

Así se dice

In a stressed or unstressed position the Spanish /e/ is pronounced similarly to the /e/ sound of the English word *mess;* it is spelled **e** or **he.** Remember that Spanish vowel sounds are short and precise. They do not glide like some English vowel sounds.

Práctica

CD 1 Track 7

M1-5 *Listen to the following pairs of words and decide if the first word of each pair is a Spanish word or an English word. Circle your answer. Each pair of words will be repeated.*

1.	español	inglés	**4.**	español	inglés
2.	español	inglés	**5.**	español	inglés
3.	español	inglés	**6.**	español	inglés

Nombre ______________________________ Fecha ____________

M1-6 *Listen to the following sentences and mark how many times you hear the sound /e/. Each sentence will be repeated.*

1. ________ 2. ________ 3. ________ 4. ________

M1-7 *Listen to the following Spanish words with the /e/ sound and repeat each after the speaker.*

1. el	5. tele	9. estudie	13. aceite
2. en	6. este	10. cesta	14. almacén
3. espejo	7. lee	11. España	15. siesta
4. me	8. escribe	12. Barcelona	

M1-8 *Listen and repeat each sentence of the following minidialogues after the speaker.*

1. —Este libro es interesante.
   —Préstemelo, por favor.
2. —Tiene siete hermanos muy inteligentes.
   —¡Qué bien!
3. —¿Cuándo vienes?
   —El viernes. ¿Te parece?

Estructuras

CD 1 Track 8

M1-9 Yo también. *A friend is commenting on the activities of various people. Say that you do the same things. Then repeat the correct answer after the speaker.*

Modelo Enrique estudia en la biblioteca.
Yo también estudio en la biblioteca.

M1-10 Las noticias. *Your friends have some news to share with you. Listen to what they have to say and write the missing words. Each news item will be repeated.*

1. ¿ ______________ a Tomás Fernández? ______________ uno de los estudiantes de intercambio. Pues, él ______________ a mi casa esta noche. ______________ con María y Paco. ______________ un poco nerviosa pero ______________ que ______________ a divertirnos.

2. ¿______________ la noticia? Van a ______________ el viejo edificio que ______________ al lado del almacén. ______________ que van a ______________ una estación de servicio. ______________ que esta ciudad cambia demasiado. No la ______________ .

M1-11 ¿Quién? *Mark an* X *in the chart under the subject of the verb you hear. Each sentence will be repeated.*

	yo	tú	él	nosotros	ellos
1.					
2.					
3.					
4.					
5.					
6.					
7.					

SEGUNDA SITUACIÓN

Presentación

CD 1 Track 9

M1-12 El arreglo personal. *Listen to the following definitions. Then write the number of the definition under the picture of the object or objects being defined. Each sentence will be repeated.*

1. ________

4. ________

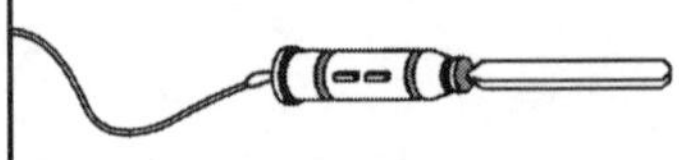

2. ________

5. ________

3. ________

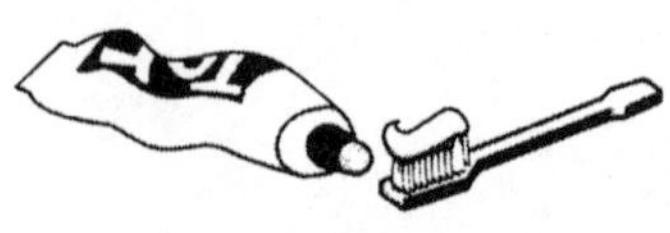

6. ________

Nombre ______________________________ Fecha ______________

M1-13 ¿Qué quieres decir? *Listen to the following statements and possible responses. Write the letter of the response you would give to show that you do not understand what is being said. The statements and responses will be repeated.*

1. ________ 2. ________ 3. ________ 4. ________

Para escuchar bien

In this chapter you have learned to understand the gist or general idea of what the speaker is saying. Now practice getting the gist of a conversation when you do the following exercises.

CD 1 Track 10 **M1-14 ¡Dímelo!** *You will hear a series of people talk about their daily activities. Before you listen to their descriptions, make a list of routine activities for each of the following persons.*

1. a doctor of medicine

____

____

2. a university professor

____

____

3. a salesperson at a department store

____

____

4. a homemaker

____

____

5. a high-school student

____

____

Now listen to each passage and decide what occupation each person has. Circle the letter of the correct answer. Read the possible answers first.

1. **a.** un profesor universitario
   b. un arquitecto
   c. un estudiante de la escuela secundaria
   d. un empleado en un restaurante

2. **a.** una recepcionista
   b. un ama de casa
   c. una vendedora
   d. una secretaria

3. **a.** un estudiante universitario
   b. un investigador
   c. un médico
   d. un profesor

M1-15 Ay, por favor... *Listen to the following conversation between Gladys and Marisela, two roommates at the University of Madrid. But before you listen to their conversation, make a list of the things you think they will talk about.*

____

____

____

____

Now listen to the conversation and circle the sentence that best describes what you heard. Read the possible answers first.

1. Marisela y Gladys se están maquillando.
2. Marisela se toma mucho tiempo en el baño.
3. Gladys no puso el despertador y se quedó dormida.
4. Gladys va a llegar tarde a clase porque durmió mucho.

Así se dice

The Spanish /i/ is a shorter and tenser sound than the English /i/. Be careful not to confuse the Spanish /i/ sound with the English /iy/ sound of *sea,* the /i/ sound of *tip,* or the schwa of *president.* The closest approximation to the Spanish /i/ sound is the letter **i** in the English word *machine.* In Spanish, the /i/ sound is spelled **i, hi,** or **y.**

Práctica

CD 1 Track 11

M1-16 *Listen to the following pairs of words and decide if the first word of each pair is a Spanish word or an English word. Circle your answer. Each pair of words will be repeated.*

1.	español	inglés	**4.**	español	inglés
2.	español	inglés	**5.**	español	inglés
3.	español	inglés	**6.**	español	inglés

M1-17 *Listen to the following sentences and mark how many times you hear the sound /i/. Each sentence will be repeated.*

1. ________ **2.** ________ **3.** ________ **4.** ________

Nombre ______________________________ Fecha ______________

M1-18 *Listen to the following Spanish words with the /i/ sound and repeat each after the speaker.*

1. tipo
2. hiciste
3. lápiz
4. sin
5. peine
6. pie
7. presidente
8. cepillo
9. pintura
10. caliente
11. fría
12. cambiar
13. Chile
14. México
15. Lima

M1-19 *Listen and repeat each sentence of the following minidialogues after the speaker.*

1. —¿Has visto mi peine?

   —Está al lado de tu cepillo de dientes.

2. —¿Vas a afeitarte?

   —Sí, pero primero voy a terminar este libro.

3. —El miércoles tienes una cita con el dentista.

   —¡Qué pesadilla!

Estructuras

CD 1 Track 12 **M1-20 Por la mañana.** *Using the cues you hear, explain what the following people do every morning. Repeat the correct answer after the speaker.*

Modelo Silvia / vestirse
Silvia se viste.

M1-21 Preguntas. *You were not paying attention to what your friend was saying to you. Ask questions so that you can understand what was being said. Use* **qué, quién, cuándo, adónde, por qué,** *and* **cuánto** *in your questions. Repeat the correct answer after the speaker.*

Modelo Maricarmen se levanta tarde.
¿Quién se levanta tarde?

Capítulo 2

De vacaciones

PRIMERA SITUACIÓN

Presentación

CD 2 Track 1 **M2-1 Las vacaciones.** *You are trying to decide where to spend your vacation. Listen to the following ads for vacation spots and then list the activities available at each one. If you need to listen again, replay the recording.*

Complejo la Playita	Hotel Serenidad	Hotel Cosmopolita

M2-2 El teléfono. *The telephone is ringing. Complete the following conversation by responding with what you would say or what would be said to you according to the cues. Repeat the correct answer after the speaker.*

___

___

Para escuchar bien

In this chapter you have learned to use visual aids to help you understand what is being said. Now practice using visual aids in the following exercises.

CD 2 Track 2 **M2-3 Descripciones.** *Look at the drawing in your textbook on page 51. You will hear four statements. Determine if each is accurate or not based on the information you see in the picture. If it is accurate, circle* **SÍ,** *and if not, circle* **NO.**

1. SÍ NO

2. SÍ NO

3. SÍ NO

4. SÍ NO

Nombre ____________________ Fecha ____________

M2-4 ¿Qué dices tú? *You will hear four statements for each drawing below. Look at each drawing and circle* **CIERTO** *if the statement is true and* **FALSO** *if the statement is false.*

1. **a.** CIERTO FALSO
   b. CIERTO FALSO
   c. CIERTO FALSO
   d. CIERTO FALSO
2. **a.** CIERTO FALSO
   b. CIERTO FALSO
   c. CIERTO FALSO
   d. CIERTO FALSO
3. **a.** CIERTO FALSO
   b. CIERTO FALSO
   c. CIERTO FALSO
   d. CIERTO FALSO
4. **a.** CIERTO FALSO
   b. CIERTO FALSO
   c. CIERTO FALSO
   d. CIERTO FALSO

M2-5 ¿Quién dice esto? *Look again at the drawings above and then listen to the following passages. Mark the number of the passage that best illustrates what the person in the drawing would most likely be thinking. If you need to listen again, replay the recording.*

Drawing 1 ________ Drawing 2 ________ Drawing 3 ________ Drawing 4 ________

Así se dice

The Spanish /o/ sound is pronounced by rounding the lips. As with the other vowels, make sure you pronounce the Spanish /o/ without a glide. The /o/ sound of the English word *hotel* is similar to the Spanish /o/ sound; it is spelled **o** or **ho.**

Práctica

CD 2 Track 3 **M2-6** *Listen to the following pairs of words and decide if the first word of each pair is a Spanish word or an English word. Circle the answer. Each pair of words will be repeated.*

1. español inglés **4.** español inglés

2. español inglés **5.** español inglés

3. español inglés **6.** español inglés

M2-7 *Listen to the following sentences and mark how many times you hear the sound /o/. Each sentence will be repeated.*

1. ________ 2. ________ 3. ________ 4. ________

M2-8 *Listen to the following Spanish words with the /o/ sound and repeat each after the speaker.*

1. lo **5.** corro **9.** forma **13.** Colombia

2. ola **6.** polo **10.** loción **14.** Puerto Rico

3. como **7.** complejo **11.** castillo **15.** Toledo

4. sol **8.** toldo **12.** pongo

M2-9 *Listen and repeat each sentence of the following minidialogues after the speaker.*

1. —¿Lo viste?
—No, no lo vi.

2. —¿Dónde está mi sombrero?
—No lo sé.

3. —¿No quiso tomar el sol?
—No, no trajo su loción.

Estructuras

CD 2 Track 4 **M2-10 ¿Hoy o ayer?** *Are these people telling you about activities that happened yesterday or that are happening now? Listen carefully and check* **PRETERITE** *or* **PRESENT,** *according to the verbs you hear. Each sentence will be repeated.*

Modelo You hear: Julio pesca.
You check: **PRESENT**

	1	2	3	4	5	6	7	8
PRESENT								
PRETERITE								

Nombre ______________________________ Fecha ______________

M2-11 Ayer. *A friend is telling you what certain people are doing today. Explain that you did the same things yesterday. Repeat the correct answer after the speaker.*

➔ **Modelo** Maricarmen y Amalia van a la playa.
Yo fui a la playa ayer.

M2-12 En la playa. *Explain what the following people did at the beach yesterday. Repeat the correct answer after the speaker.*

➔ **Modelo** Maricarmen / ir a la playa
Maricarmen fue a la playa.

M2-13 Más historia. *What do you know about the history of Spanish literature? Listen to the following facts. Write the number of the sentence you hear next to the date mentioned. Each sentence will be repeated.*

1. __________ 1681
2. __________ 1140
3. __________ 1989
4. __________ 1554
5. __________ 1605
6. __________ 1562
7. __________ 1936

SEGUNDA SITUACIÓN

Presentación

CD 2 Track 5

M2-14 Recomendaciones. *Your friends would like to do one of the following activities tonight. Where would you tell them to go? Repeat the correct answer after the speaker.*

➔ **Modelo** Queremos bailar.
Deben ir a una discoteca.

M2-15 ¿Cuál es la palabra? *Name the object or place that is being described. Then repeat the correct answer after the speaker.*

➔ **Modelo** Es una cosa que la gente puede leer cada día para saber las noticias.
Es el periódico.

M2-16 A Ud. le toca. *Now it is your turn. Imagine that you do not know the names of the following objects. How would you make yourself understood? Use the expressions* **Es un lugar donde...** *and* **Es una cosa que se pone...** *in your answers. Repeat the correct answer after the speaker.*

Modelo el traje de baño
Es una cosa que se pone cuando uno quiere nadar.

1. el bar
2. las gafas de sol
3. el cine
4. el sombrero
5. el gimnasio

Para escuchar bien

Practice the strategy of forming mental images when listening in the following exercises.

CD 2 Track 6 **M2-17 ¿Adónde fuiste tú?** *You will hear a conversation between two university students who are talking about what they did during their summer vacation. But before you listen to their conversation, make a list of the activities you think they may say they did.*

____

____

____

____

Now listen to their conversation. As you listen, circle the sentences that reflect the content of their conversation. First read the possible answers.

1. Susana y Marisabel son muy buenas amigas y posiblemente van a ir de vacaciones juntas el próximo año.
2. Marisabel trabajó todo el verano en la oficina de su padre y se aburrió muchísimo.
3. Evidentemente la familia de Marisabel tiene mucho dinero.
4. Susana vio a sus amigos de la escuela secundaria y fue al cine con ellos.
5. En la Costa del Sol Marisabel se enfermó y tuvo que regresar a su casa.
6. Una de las muchachas sacó muchas fotos y se las va a enseñar a su amiga.
7. Las dos muchachas fueron de vacaciones al mismo lugar pero no se vieron.
8. Según lo que dicen, en la Costa del Sol sólo se puede ir a nadar y a esquiar.

Nombre ______________________________ Fecha ______________

M2-18 ¿Qué hay? *You are listening to the radio and hear the following announcement. Listen to it and mark an* X *before the items mentioned. If you need to listen again, replay the recording.*

________ bailes	________ fuegos artificiales
________ corridas de toros	________ ropa deportiva
________ loción de broncearse	________ partidos de fútbol
________ competencias de natación	________ películas de terror
________ exposición de arte	________ maratón
________ conciertos	________ obras teatrales

Así se dice

The Spanish /u/ sound is pronounced with the tongue arched high towards the back of the mouth and with a rounding of the lips. It is tenser and shorter than the English /u/ sound. As with the other vowels, make sure you pronounce the Spanish /u/ without a glide. The Spanish /u/ sound is similar to the /u/ sound in the English word *fool*. The Spanish sound /u/ is spelled **u** or **hu.**

Práctica

CD 2 Track 7 **M2-19** *Listen to the following pairs of words and decide if the first word of each pair is a Spanish word or an English word. Circle the answer. Each pair of words will be repeated.*

1.	español	inglés	**4.**	español	inglés
2.	español	inglés	**5.**	español	inglés
3.	español	inglés	**6.**	español	inglés

M2-20 *Listen to the following sentences and mark how many times you hear the sound /u/. Each sentence will be repeated.*

1. ________ **2.** ________ **3.** ________ **4.** ________

M2-21 *Listen to the following Spanish words with the /u/ sound and repeat each after the speaker.*

1. una	**5.** película	**9.** música	**13.** Perú
2. luna	**6.** pudo	**10.** futuro	**14.** Cuba
3. usted	**7.** incluyo	**11.** mula	**15.** Uruguay
4. durmió	**8.** universidad	**12.** deuda	

M2-22 *Listen and repeat each sentence of the following minidialogues.*

1. —¿Fumas?
   —No, no fumo.
2. —¿Fuiste a Cuba?
   —No, fui a Venezuela.
3. —Tú eres Raúl, ¿no?
   —No, yo soy Luis. Él es Raúl.

Estructuras

CD 2 Track 8 **M2-23 ¿Cuándo?** *Are you hearing about activities that happened yesterday or that are happening now? Listen carefully and check* **PRETERITE** *or* **PRESENT,** *according to the verbs you hear. Each sentence will be repeated.*

Modelo You hear: Yo preferí ir a la playa.
You check: **PRETERITE**

	1	2	3	4	5	6	7	8
PRESENT								
PRETERITE								

M2-24 Anoche. *Describe what the following people did last night or how they felt. Repeat the correct answer after the speaker.*

Modelo Roberto / sentirse muy contento
Roberto se sintió muy contento.

M2-25 En la playa. *Tell what or whom Susana saw at the beach yesterday. Repeat the correct answer after the speaker.*

Modelo un castillo de arena
Vio un castillo de arena.

M2-26 ¿Lo trajo Miguel? *Tell whether or not Miguel brought the following things to the beach. Use direct object pronouns and the cue you hear to answer each question. Repeat the correct answer after the speaker.*

Modelo ¿Trajo Miguel la sombrilla? (Sí)
Sí, la trajo.

Nombre ______________________________ Fecha ______________

Capítulo 3

En familia

PRIMERA SITUACIÓN

Presentación

CD 2 Track 9 **M3-1 La familia de Alicia.** *Alicia's grandmother is telling you about her family. Listen to what she says. Then describe Alicia's family by completing the following sentences. If you need to listen again, replay the recording.*

1. Juan Luis y Amalia son los ______________________ de Alicia.
2. Fernando es su ______________________ .
3. Isabel y Julieta son sus ______________________ .
4. Luis es su ______________________ .
5. Alberto, Enrique y Carlota son sus ______________________ .
6. Juan y Mariana son sus ______________________ .
7. Felipe es su ______________________ .

M3-2 Los saludos. *How would you greet the following people? Listen to a description of the person and three possible choices. Then write the letter of the most appropriate greeting. The descriptions and choices will be repeated.*

1. ________ 2. ________ 3. ________ 4. ________ 5. ________

Para escuchar bien

In this chapter, you have learned that when you listen to a passage you don't need to understand every single word that is being said, but that instead you can focus on certain details or specific information. Now practice focusing on certain details or specific information in the following exercises.

CD 2 Track 10 **M3-3 Recuerdo que...** *You are going to hear two men in their fifties reminiscing about their youth and comparing their lifestyles in the past with their present situations. But before you listen to their conversation, make a list of the things you think they may reminisce about.*

______________________ ______________________

______________________ ______________________

Now listen to their conversation. As you listen, fill in the chart with their names and the activities they mention.

Nombres	Actividades de antes	Actividades de ahora
1. ______	______	______
	______	______
	______	______
	______	______
2. ______	______	______
	______	______
	______	______

M3-4 Cuando era niño. *You will hear a series of people describe what they used to do on weekends when they were young. Listen to their descriptions and fill in the chart with their names, the relatives they mention, and the activities they say they used to do.*

Nombres	Parientes	Actividades
1. ______	______	______
______	______	______
2. ______	______	______
______	______	______
3. ______	______	______
______	______	______
4. ______	______	______
______	______	______

Nombre ______________________________ Fecha ______________

Así se dice

In Spanish there are two types of diphthongs with the sound /i/: (1) the /i/ sound occurs in first position in front of another vowel as in **Diana, Diego,** and **Dios;** (2) the /i/ sound occurs in second position after the vowel as in **caimán, peine,** and **hoy.** If the /i/ sound has an accent, then each letter is pronounced. For example, /ia/ in **hacia** is pronounced as a diphthong, but not in **hacía.**

Práctica

CD 2 Track 11

M3-5 *Listen to the following Spanish words and repeat each after the speaker.*

1. Diana
2. piano
3. familia
4. bien
5. fiesta
6. tiene
7. dio
8. julio
9. Amalia
10. pariente
11. estudia
12. Antonio

M3-6 *Listen to the following Spanish words and repeat each after the speaker.*

1. caigo
2. traiga
3. baila
4. Jaime
5. rey
6. peine
7. hoy
8. doy
9. voy
10. reinado
11. peinado
12. ley

M3-7 *Listen to the following words and decide if each contains a diphthong or not. Circle* **SÍ** *or* **NO.** *Each word will be repeated.*

1. SÍ NO
2. SÍ NO
3. SÍ NO
4. SÍ NO
5. SÍ NO
6. SÍ NO

M3-8 *Listen to each of the following sentences and mark how many times you hear a diphthong. Each sentence will be repeated.*

1. __________ 2. __________ 3. __________ 4. __________

M3-9 *Listen and repeat each sentence of the following minidialogues after the speaker.*

1. —Tía Emilia, ¿vienes a comer con nosotros este viernes?
   —¿El viernes? No, voy el miércoles.
2. —¿Quieres algo de comer?
   —¿Qué tienes?
3. —Mi familia vive en Viena.
   —La mía también vive en Austria.

Estructuras

CD 2 Track 12 **M3-10 ¿Cuándo?** *Are you hearing about activities that used to happen or that are happening now? Listen carefully and check* **IMPERFECT** *or* **PRESENT** *according to the verb you hear. Each sentence will be repeated.*

Modelo You hear: Yo estudiaba en la biblioteca.
You check: **IMPERFECT**

	1	2	3	4	5	6	7	8
IMPERFECT								
PRESENT								

M3-11 Cada semana. *Tell what the following people used to do every week last year. Repeat the correct nswer after the speaker.*

Modelo José / lavar el coche
Cada semana José lavaba el coche.

M3-12 Cada domingo. *Listen as Alicia's grandmother describes what her family used to do every Sunday and write the missing verbs. The description will be repeated.*

Cada domingo toda la familia (1) ______________________ después de ir a misa. Los niños (2) ______________________ al fútbol mientras Julieta o Mariana (3) ______________________ la cena. Martín y Juan (4) ______________________ al dominó. Después de almorzar, (5) ______________________ la sobremesa y (6) ______________________ de todo lo que había pasado durante la semana. A veces (7) ______________________ de excursión al parque o al museo. ¡Cuánto me (8) ______________________ aquellos domingos en familia!

M3-13 ¿Cómo era? *Describe the following people according to the cues. Repeat the correct answer after the speaker.*

Modelo Isabel / cariñoso
Isabel era cariñosa.

M3-14 Diminutivos. *Provide the diminutive form of the words you hear. Repeat the correct answer after the speaker.*

Modelo regalo
regalito

Nombre ______________________________ Fecha ______________

SEGUNDA SITUACIÓN

Presentación

CD 3 Track 1 **M3-15 ¿Qué pasa?** *Look at the following drawings. You will hear two statements for each drawing. Write the correct sentence under the corresponding picture. Each pair of sentences will be repeated.*

1. ______________________________

2. ______________________________

3. ______________________________

4. ____

M3-16 Las invitaciones. *Listen to the following statements. Under what conditions would you hear each one? Check* **A** *if an invitation is being extended,* **B** *if it is being accepted, or* **C** *if it is being declined. Each statement will be repeated.*

	1	2	3	4	5	6	7
A							
B							
C							

M3-17 ¿Quién es quién? *Luisa María is explaining to her young cousin how her new husband's family is related to her. Listen to what she says. In each sentence you will hear a beep in place of a word. Write the missing word. Each sentence will be repeated.*

1. ______________________
2. ______________________
3. ______________________
4. ______________________
5. ______________________

Para escuchar bien

Practice listening for details and specific information in the following exercise.

CD 3 Track 2

M3-18 ¿Cuál es el mensaje? *In each of the following telephone conversations you will hear a person extending an invitation for a social gathering. Before you listen to the conversation, though, make a list of some phrases that are used to extend, accept, and decline invitations.*

____

____

____

____

Now listen to each conversation and fill in the chart with the name of the person calling, the nature of the social gathering, the date and time; also mark if the invitation was accepted or declined.

Nombre de la persona que llama	Tipo de reunión social	Fecha	Hora	Aceptada	Rechazada
1.					
2.					
3.					

Así se dice

In Spanish there are two types of diphthongs with the vowel sound /u/: (1) the /u/ sound occurs in first position in front of another vowel as in **agua, hueso, muy,** and **cuota;** (2) the /u/ sound occurs in second position after the vowel as in **auto** and **deuda.**

Práctica

CD 3 Track 3 **M3-19** *Listen to the following Spanish words and repeat each after the speaker.*

1. guapo
2. cuatro
3. cuanto
4. abuelo
5. muerde
6. puerto
7. Luis
8. juicio
9. ruido
10. cuota
11. cauta
12. deuda

M3-20 *Listen to each of the following sentences and mark how many times you hear a diphthong with /u/. Each sentence will be repeated.*

1. __________ 2. __________ 3. __________ 4. __________

Estructuras

CD 3 Track 4 **M3-21 La boda.** *Listen as your friend describes the wedding of her sister. You will hear a beep in place of the verb. Repeat each sentence using the appropriate form of* **ser, estar,** *or* **haber** *to complete the sentence. Then repeat the correct answer after the speaker.*

Modelo Mi hermana *BEEP* muy feliz.
Mi hermana es muy feliz.

M3-22 ¿Dónde está? *The following people have misplaced their belongings. Tell what they are looking for. Repeat the correct answer after the speaker.*

Modelo Tomás / libros
Tomás busca sus libros.

M3-23 Está perdido. *Explain that the following people have lost their belongings. Repeat the correct answer after the speaker.*

→ **Modelo** ¿Dónde están los libros de Tomás?
Los suyos están perdidos.

M3-24 Aquí está. *Your friend Esteban thinks that he has found the missing items. Tell him that he is wrong. Repeat the correct answer after the speaker.*

→ **Modelo** Aquí están los libros de Tomás.
No, no son suyos.

Nombre ______________________________ Fecha ______________

Capítulo 4

En el restaurante

PRIMERA SITUACIÓN

Presentación

CD 3 Track 5 **M4-1 ¿Qué le puedo ofrecer?** *You are working in the Restaurante Casa Lupita. Listen as the following customers give you their orders. Write what they want. If you need to listen again, replay the recording.*

1. ______________________________

____

____

2. ______________________________

____

____

3. ______________________________

____

____

M4-2 En el restaurante. Who is probably making the following statements? Check the most *logical answer. Each statement will be repeated.*

	1	2	3	4	5	6	7	8
MESERO								
CLIENTE								

Para escuchar bien

In this chapter you have learned that you don't need to remember the exact words that were used to convey the message, but that instead you can paraphrase, that is, use different words or phrases to convey the same message. Now practice paraphrasing in the following exercises.

CD 3 Track 6 **M4-3 En El Quince Letras.** *Listen to the following conversation. Circle* **SÍ** *if the statements accurately paraphrase what you heard and* **NO** *if they do not.*

SÍ NO **1.** Es mediodía.

SÍ NO **2.** La comida en este restaurante no es muy buena.

SÍ NO **3.** Por lo menos dos personas han estado en ese restaurante anteriormente.

SÍ NO **4.** Nadie quiere tomar sopa.

SÍ NO **5.** Es tarde y tienen que apurarse.

M4-4 ¿Quién dice qué? *Look at the drawing and imagine what the people there are saying to each other. For each of the four minidialogues you will hear, circle the letter of the statement that best paraphrases each one. Then write the number of the minidialogue under the appropriate group of people.*

1. a. La madre le da un refresco al niño.

b. El niño quiere un refresco.

c. El niño quiere toda su comida.

2. a. Las dos personas disfrutan de su comida.

b. A una de las personas no le gusta la sopa.

c. El gazpacho es más sabroso que el ceviche.

3. a. No han terminado de almorzar.

b. Es tarde y no hay mucho tiempo.

c. Es necesario que todos tomen un café.

4. a. Los dos no se ponen de acuerdo.

b. A los dos les gustan cosas similares.

c. Uno de ellos prefiere café.

Nombre ______________________________ Fecha ______________

Así se dice

The Spanish /g/ sound is almost identical to the English /g/ sound. It occurs after the /n/ sound as in **angosto** or **un garaje,** and at the beginning of a phrase or sentence as in **Gloria, gracias por tu ayuda.** It is spelled **g** before **a, o,** or **u** as in **gato, goma,** and **gusto.** However, the sound is spelled **gu** before the letters **e** and **i,** as in **Guevara** and **Guillermo.** The [ǥ] variant of this sound occurs within a word or phrase, except after the letter **n.** This sound is spelled **g** before **a, o,** or **u,** and **gu** before **e** and **i.**

Práctica

CD 3 Track 7

M4-5 *Listen to the following Spanish words with the [g] sound and repeat each after the speaker.*

1. gallo
2. golpe
3. ganga
4. ponga
5. grande
6. guerra
7. guitarra
8. Galicia
9. Guevara
10. Guillermo

M4-6 *Listen to the following Spanish words with the [ǥ] sound and repeat each after the speaker.*

1. amigo
2. agua
3. luego
4. lago
5. paraguas
6. algodón
7. dígame
8. Bogotá
9. Tegucigalpa
10. Santiago

M4-7 *Listen to the following minidialogues containing the [g] and [ǥ] sounds and repeat each sentence after the speaker.*

1. —¿Cómo se llama tu amigo?
—Gustavo Esteban González.

2. —Guillermo, ¿quieres un vaso de agua?
—Ahora no. Luego.

3. —Gloria, ¿vives en el barrio San Gabriel?
—Sí, en la calle angosta cerca del Restaurante Angola.

Estructuras

CD 3 Track 8 **M4-8 La cena de Susana.** *You are helping Susana serve her guests. Tell her what you have served to whom. Repeat the correct answer after the speaker.*

Modelo el café / Juan
Le serví el café a Juan.

M4-9 ¿Le gusta el flan? *You have been asked to participate in a survey about food preferences. Listen to the following items and say that you like or dislike each one according to the cue you hear. Repeat the correct answer after the speaker.*

Modelo ¿el flan? (no)
No, no me gusta el flan.

M4-10 Los intereses. *Explain what interests the following people, using the cues you hear. Repeat the correct answer after the speaker.*

Modelo Marisa / la ópera
A Marisa le interesa la ópera.

M4-11 Las molestias. *Explain what bothers the following people. Repeat the correct answer after the speaker.*

Modelo Miguel / el trabajo
A Miguel le molesta el trabajo.

SEGUNDA SITUACIÓN

Presentación

CD 3 Track 9 **M4-12 De compras.** *You have offered to do the grocery shopping. Listen as Susana explains to you what she needs to prepare dinner. Make a list of things that Susana tells you to buy. If you need to listen again, replay the recording.*

____

____

____

____

____

____

Nombre ______________________________ Fecha ______________

M4-13 Poner la mesa. *You are teaching your young cousins how to set the table. However, they are not sure what certain items of the place setting are called. Listen to their questions and identify the object. Repeat the correct answer after the speaker.*

Modelo ¿En qué se sirve el café?
La taza.

M4-14 En la mesa. *Listen to the following statements and possible responses. Write the letter of the most appropriate response. The statements and responses will be repeated.*

1. ________ 2. ________ 3. ________ 4. ________ 5. ________

Para escuchar bien

Practice paraphrasing in the following exercises.

CD 3 Track 10 **M4-15 Una cena.** *You will hear a description of a meal Ignacio had with his friends in a restaurant. Before you listen to him though, make a list of the items you think Ignacio and his friends would order.*

____

____

____

____

Now listen to the description and mark **CIERTO** *next to the statements that best paraphrase either part or all of what you heard and* **FALSO** *next to those that do not.*

CIERTO FALSO **1.** Gerardo invitó al narrador y a sus amigos a cenar al «Todo Fresco».

CIERTO FALSO **2.** El narrador estaba muy contento con sus amigos porque lo invitaron a cenar.

CIERTO FALSO **3.** Uno de los jóvenes no quiso pagar.

CIERTO FALSO **4.** Cuando llegaron al «Todo Fresco», se dieron cuenta de que había mucha gente y no tenían dónde sentarse.

CIERTO FALSO **5.** Todos los muchachos comieron lo mismo.

CIERTO FALSO **6.** Al final de la cena hubo problemas para pagar la cuenta.

CIERTO FALSO **7.** Desafortunadamente, todos se fueron muy disgustados porque no querían pagar.

CIERTO FALSO **8.** El narrador fue a buscar su carro porque se molestó al ver a sus amigos discutir.

M4-16 ¿Cómo son estos muchachos? *You are going to hear a description of four students: Gerardo, Armando, Roberto, and Pepe. As you listen, take notes. At the end of the passage, you will hear some statements that paraphrase what you have heard. Mark* **CIERTO** *if the statement is a good paraphrase and* **FALSO** *if it is not. If you need to listen again, replay the recording.*

___

___

___

___

___

___

___

___

1. CIERTO FALSO
2. CIERTO FALSO
3. CIERTO FALSO
4. CIERTO FALSO
5. CIERTO FALSO
6. CIERTO FALSO

Así se dice

The Spanish /p/ sound is produced without aspiration, or the puff of air, that the English /p/ sound has. The unaspirated Spanish /p/ sound is equivalent to the /p/ sound of the English words *special* and *speak*. It generally appears at the beginning of a word as in **pato, perro, para,** and **por,** but it can also appear within a word preceding the /t/ sound as in **captar.**

Práctica

CD 3 Track 11

M4-17 *Listen to the following pairs of words and decide if the first word of each pair is a Spanish word or an English word. Circle the answer. Each pair of words will be repeated.*

1. español inglés
2. español inglés
3. español inglés
4. español inglés
5. español inglés
6. español inglés

Nombre ______________________ Fecha ______________

M4-18 *Listen to the following Spanish words with the /p/ sound and repeat each after the speaker.*

1. pez
2. papa
3. Pedro
4. Perú
5. papel
6. Pamplona
7. comprar
8. golpear
9. sopa
10. copa
11. séptimo
12. inscripción
13. Paraguay
14. capturar
15. Pepe

M4-19 *Listen and repeat each sentence of the following minidialogues after the speaker.*

1. —¿En qué te especializas, Pepita?
   —En ciencias políticas.
2. —¿Estudias periodismo?
   —No, me especializo en pintura.
3. —¿Qué deporte practicas?
   —Prefiero el polo.

Estructuras

CD 3 Track 12

M4-20 Una cena fantástica. *Listen as Paco tells you what happened last night. Check* **IMPERFECT** or **PRETERITE** *according to the verb you hear in each sentence.*

Modelo You hear: Ayer después de las clases, fui directamente a casa.
You check: **PRETERITE**

	1	2	3	4	5	6	7
IMPERFECT							
PRETERITE							

M4-21 En el restaurante. *Listen as Paco finishes his story. You will hear a beep in place of the verb in each sentence. Decide which form of the verb should complete the sentence and circle it. Each sentence will be repeated.*

1. entrábamos entramos
2. saludaba saludó
3. daba dio
4. Pedía Pedí
5. era fue
6. era fue
7. regresábamos regresamos

M4-22 En el parque. *What happened in the park on the day of that terrible storm? Listen and complete the following sentences. If you need to listen again, replay the recording.*

_______________ un día bonito de mayo. _______________ mucho sol. Los pájaros _______________. Cerca de nosotros algunos chicos _______________ al volibol. Todo el mundo _______________ de buen humor.

De repente Paco _______________ de que _______________ de traer las bebidas. Y Susana no _______________ bastante comida para todos. Y con eso, _______________ el picnic.

M4-23 La carrera. *Using the cues you hear, explain in what order the following people finished in the bicycle race. Repeat the correct answer after the speaker.*

Modelo Paco / seis
Paco fue el sexto.

Nombre ______________________ Fecha ______________

Capítulo 5

En la universidad

PRIMERA SITUACIÓN

Presentación

CD 4 Track 1 **M5-1 Definiciones.** *Listen to the following phrases and then write the word being defined. Each phrase will be repeated.*

1. ______________________
2. ______________________
3. ______________________
4. ______________________
5. ______________________
6. ______________________
7. ______________________

M5-2 En la clase. *Who is probably making the following statements? Check the most logical answer. Each statement will be repeated.*

	1	2	3	4	5	6	7
ESTUDIANTE							
PROFESOR							

Para escuchar bien

In this chapter you have learned that knowing where and when a given conversation or an announcement takes place helps you to understand the message more accurately. Now practice focusing on the setting of the following exercises.

CD 4 Track 2 **M5-3 ¿Dónde?** *Listen to the following announcements and decide where you would probably hear each. Then mark the number of the announcement next to the place where you would most likely hear it. But before you listen to the announcements, read the list of possible settings.*

________ el centro

________ el campo deportivo

________ el aeropuerto

________ la residencia estudiantil

________ la biblioteca

________ la sala de clase

M5-4 En la cafetería estudiantil. *Imagine that you are sitting in the student cafeteria of a university in Costa Rica and overhear a group of students who are talking about their majors and their plans for the future. Make a list of the majors you think they may mention in their conversation.*

____

____

____

____

____

Now listen to their conversation and write in the chart the students' majors and their plans for the future.

Estudiantes	Especialidad	Planes futuros
Carmen		
Manuel		
Ana		
Rosa		

Así se dice

The Spanish /b/ sound can be spelled with the letters **b** or **v** and is similar to the English /b/ of *boy.* The /b/ sound has two variants: [b] and [ƀ]. The sound [b] occurs when the letters **b** or **v** follow the letters **m** or **n** as in **un viaje, un barco,** or **Colombia** and when the letters **b** or **v** begin a phrase or sentence, as in **Vicente es mi amigo** and **Ven acá, Bernardo.** However, when the letters **b** or **v** occur within a word or phrase, except after the letters **m** or **n,** then the sound [ƀ] occurs. The sound [ƀ] is similar to the [b] sound, but your lips barely touch, as in **lobo, el beso,** and **lavo.** This [ƀ] sound has no English equivalent.

Práctica

CD 4 Track 3 **M5-5** *Listen to the following Spanish words with the [b] sound and repeat each after the speaker.*

1. bola	**6.** banco
2. beso	**7.** veinte
3. bien	**8.** vino
4. vaca	**9.** cambiar
5. vaso	**10.** símbolo

Nombre ______________________________ Fecha ______________

M5-6 *Listen to the following Spanish words and phrases with the [ƀ] sound and repeat each after the speaker.*

1. lavo	**6.** abuela
2. robo	**7.** el vino
3. Cuba	**8.** mi vestido
4. cerveza	**9.** no voy
5. probar	**10.** ¡Qué bien!

M5-7 *Listen to the following words and phrases with the [b] and [ƀ] sounds and repeat each after the speaker.*

1. voy	yo voy	**4.** vestido	mi vestido
2. beso	el beso	**5.** banco	voy al banco
3. vaca	la vaca	**6.** baila	no baila

M5-8 *Listen to the following minidialogues containing the [b] and [ƀ] sounds and repeat each sentence after the speaker.*

1. —Violeta, ¿vas a Colombia?

—Sí, voy con Víctor.

2. —Habla Gabriela.

—Hola. ¿Cómo está el bebé?

3. —¿Sabes si él viene el viernes?

—No, viene el sábado.

Estructuras

CD 4 Track 4

M5-9 Opuestos. *Say the opposite of the words you hear. Repeat the correct answer after the speaker.*

Modelo You hear: debajo de
You say: **sobre**

M5-10 La cena. *You are making arrangements for a dinner party. Listen to the following sentences and write the names of the guests according to where they are to sit. Each sentence will be repeated.*

Pablo	____________	____________
____________	____________	____________

M5-11 Pobre Ricardo. *Listen as Ricardo explains why he cannot go to the movies tonight. In each of his sentences, you will hear a beep in place of a preposition. Decide if the missing preposition should be* **por** *or* **para.** *Check the correct answer. Each sentence will be repeated.*

Modelo You hear: BEEP supuesto, me gustaría ir al cine.
You check **por** because the answer is **Por supuesto, me gustaría ir al cine.**

	1	2	3	4	5	6	7
POR							
PARA							

M5-12 ¿Para quién? *Who will receive the following gifts? Use prepositional pronouns and the cues you hear to answer this question. Repeat the correct answer after the speaker.*

Modelo las flores / María
Las flores son para ella.

M5-13 En la biblioteca. *Using the cues you hear, explain what happened yesterday in the library. Repeat the correct answer after the speaker.*

Modelo Miguel / poder terminar el trabajo
Miguel pudo terminar el trabajo.

SEGUNDA SITUACIÓN

Presentación

CD 4 Track 5

M5-14 Una buena amiga. *Your friend Adela called to tell you what classes everyone you know is taking this semester, but you weren't home so she left the following message on your answering machine. After listening to her message, make a list of each person's classes so you can remember them. If you need to listen again, replay the recording.*

Paco

____

____

____

Adela

____

____

____

Susana

____

____

____

Enrique

____

____

____

Nombre ______________________________ Fecha ______________

M5-15 ¿Qué tiempo hace? *You are planning to travel to Central America and you need to know what the weather is like. Listen to the following weather report, and make notes about the climate of the cities listed. If you need to listen again, replay the recording.*

1. Guatemala

____

____

2. la costa del Pacífico

____

____

3. San José

____

____

4. Panamá

____

____

Para escuchar bien

Practice focusing on the setting and listening for specific information in the following exercises.

CD 4 Track 6 **M5-16 ¿Dónde y cuándo?** *You will hear three conversations between two university students. As you listen, decide when and where the conversations are taking place. Circle the word or phrase that best completes each sentence.*

Conversación 1

1. Estas estudiantes están conversando en
   - a. la biblioteca.
   - b. la cafetería.
   - c. su cuarto.
2. La conversación se lleva a cabo por
   - a. la mañana.
   - b. la noche.
   - c. la tarde.

Conversación 2

1. Estos estudiantes están conversando en
   - a. la oficina de un profesor.
   - b. una reunión social.
   - c. el salón de clase.
2. La conversación se lleva a cabo
   - a. muy temprano por la mañana.
   - b. muy tarde por la noche.
   - c. por la tarde.

Conversación 3

1. Estos estudiantes están conversando en
   - **a.** el laboratorio de idiomas.
   - **b.** el salón de computadoras.
   - **c.** el laboratorio de ciencias.
2. La conversación se lleva a cabo
   - **a.** antes de clase.
   - **b.** después de clase.
   - **c.** durante la clase.

M5-17 ¿Quién, cuándo y dónde? *You will hear a series of instructions. As you listen, decide who is giving them and the setting. Circle the letter of the phrase with the appropriate information. But before you listen to the instructions, read the different possibilities.*

1. **a.** una profesora, antes de un examen, en el salón
   b. una madre, antes de una fiesta, en su casa
   c. una estudiante, después de clase, en su cuarto
2. **a.** una secretaria, la primera semana de clases, en su oficina
   b. una compañera, después de una clase aburrida, en el carro
   c. una profesora, el primer día de clase, en su oficina
3. **a.** un empleado, en la biblioteca, a las doce de la noche
   b. un vendedor, en la librería, a las ocho de la mañana
   c. un instructor, en el laboratorio, a las seis de la tarde

Así se dice

The Spanish /d/ is pronounced very differently from the English /d/ sound. It is produced by pressing the tip of your tongue against the back of your upper teeth; this sound is always spelled with the letter **d.** The /d/ sound has three variants: [d], [đ], and [ø]. The Spanish [d] sound occurs at the beginning of a phrase or sentence as in **Diego, ¿cómo estás?,** after a pause within a phrase as in **Ángela, dame tu libro,** or after the letters **n** or **l** as in **ando** and **falda.** The variant [đ] is pronounced like the *th* in the English word *either.* It occurs within a word or phrase, except after **n** or **l,** as in **todo, cada,** or **Adiós, Adela.** The variant [ø] is no sound at all. When the letter **d** occurs at the end of a word, it is often not pronounced although it appears in writing, as in **usted** and **verdad.**

Práctica

CD 4 Track 7

M5-18 *Listen to the following Spanish words with the [d] sound and repeat each after the speaker.*

1. debe
2. dame
3. delicioso
4. Delia
5. Díaz
6. anda
7. cuando
8. Honduras
9. caldo
10. molde

M5-19 *Listen to the following Spanish words and phrases with the /đ/ variant sounds and repeat each after the speaker.*

1. cada
2. todo
3. helado
4. adiós
5. ensalada
6. Estados Unidos
7. usted
8. ciudad
9. ¿Verdad?
10. Madrid

M5-20 *Listen to the following minidialogues containing the /d/ sound and its variants and repeat each sentence after the speaker.*

1. —¿Vive Diego en El Salvador?

   —No, ahora vive en Honduras.
2. —¿Adónde va usted?

   —A la Tienda Novedades.
3. —Ustedes deben venir a mi oficina esta tarde.

   —Como usted diga.

Estructuras

CD 4 Track 8

M5-21 Sé que... Ojalá que. *You hear only the end of the following statements. How does each sentence begin? Listen carefully to the verb and check* **SÉ QUE** *if the sentence you hear is in the indicative. Check* **OJALÁ QUE** *if the sentence you hear is in the subjunctive. Each phrase will be repeated.*

Modelo You hear: ...Paco cumple veintiún años.
You check: **SÉ QUE**

	1	2	3	4	5	6	7	8
SÉ QUE								
OJALÁ QUE								

M5-22 Consejos. *What advice do you have for Paco as he starts a new semester at the university? Repeat the correct answer after the speaker.*

Modelo llegar a tiempo a sus clases
Le aconsejo que llegue a tiempo a sus clases.

M5-23 Es necesario que... *Give advice about doing well in your studies. Repeat the correct answer after the speaker.*

Modelo Uds. / elegir las clases con cuidado
Es necesario que Uds. elijan las clases con cuidado.

M5-24 ¿Mejor o peor? *Describe the following activities. Then repeat the correct answer after the speaker.*

Modelo divertirse de vez en cuando / estudiar todo el tiempo
Divertirse de vez en cuando es mejor que estudiar todo el tiempo.

Nombre ______________________ Fecha ______________

Capítulo 6

En casa

PRIMERA SITUACIÓN

Presentación

CD 4 Track 9 **M6-1 Antes de la visita.** *Your family is expecting weekend guests. While you are out, your mother calls with instructions about what needs to be done around the house before the guests arrive. Listen to the message she left on the telephone answering machine and make a list of chores for each person. If you need to listen again, replay the recording.*

Paco:

____

____

Juan:

____

____

María:

____

____

Isabel:

____

____

Carlota:

____

____

M6-2 Si fueras tan amable... *Listen to the following statements. Under what conditions would you hear each one? Check* **A** *if someone is making a request,* **B** *if the request is being accepted, or* **C** *if the request is being refused. Each statement will be repeated*

	1	2	3	4	5	6	7	8
A								
B								
C								

Para escuchar bien

In this chapter you have learned to listen for the main idea of what is being said and the supporting details. Now practice identifying the main ideas and supporting details in the following exercises.

CD 4 Track 10 **M6-3 Anuncios radiales.** *You will hear three radio announcements asking for people to perform different services. As you listen, write the main ideas and supporting details. But before you listen to the announcements, make a list of the different kinds of services or chores that can be performed in a house.*

____

____

____

____

____

Now listen to each announcement and take notes of the main ideas and supporting details.

1. **Main idea:**

____

Supporting details:

____

____

2. **Main idea:**

____

Supporting details:

____

____

3. **Main idea:**

____

Supporting details:

____

____

M6-4 Con los empleados. *You will hear three conversations between the employers who paid for the previous radio announcements and the people they hired. As you listen, write the main ideas and the supporting details. But before you listen to the conversations, mentally review the formation of the affirmative and negative forms of the familiar and formal commands. Now listen and write down the main ideas and supporting details for each conversation.*

1. **Main idea:**

____

Supporting details:

____

____

2. **Main idea:**

____

Supporting details:

____

____

3. **Main idea:**

____

Supporting details:

____

____

Así se dice

The Spanish /t/ sound is pronounced with the tip of your tongue against the back of your front teeth. Like the /p/ sound, the /t/ is pronounced without aspiration, or the puff of air, that the English sound has. For example, **tú, estudia, matemáticas,** and **texto.**

Práctica

CD 4 Track 11 **M6-5** *Listen to the following pairs of words and decide if the first word of each pair is a Spanish word or an English word. Circle the answer. Each pair of words will be repeated.*

1. español inglés **4.** español inglés

2. español inglés **5.** español inglés

3. español inglés **6.** español inglés

M6-6 *Now listen to the following Spanish words with the /t/ sound and repeat each after the speaker.*

1. tú
2. tengo
3. teatro
4. todo
5. deporte
6. quita
7. meta
8. tuna
9. tres
10. tabú
11. Alberto
12. matemáticas
13. Toledo
14. Argentina
15. Guatemala

M6-7 *Listen and repeat each sentence of the following minidialogues after the speaker.*

1. —Espero que no me quiten mi beca.

—¿Quién te la va a quitar?

2. —¿Dónde está el estadio?

—Detrás de las oficinas administrativas.

3. —¿Te gustan las matemáticas?

—Sí. Este semestre me inscribí en tres cursos de matemáticas.

Estructuras

CD 4 Track 12 **M6-8 ¿Mandatos?** *Listen to the following sentences. Are they commands directed to someone addressed as* **tú** *or are they statements explaining what someone addressed as* **tú** *is doing? Listen carefully and check* **COMMAND** *or* **STATEMENT** *according to the verb you hear. Each sentence will be repeated.*

Modelo You hear: Barre el piso.
You check: **COMMAND**

	1	2	3	4	5	6	7	8
COMMAND								
STATEMENT								

M6-9 Los quehaceres domésticos. *Explain to your roommate what he must do to get ready for tonight's party. Repeat the correct answer after the speaker.*

Modelo lavar los platos
Lava los platos.

M6-10 No lo hagas. *You are willing to help your roommate with the chores. Tell him not to do certain things because you will do them. Repeat the correct answer after the speaker.*

Modelo limpiar la cocina
No limpies la cocina. Yo lo hago.

M6-11 Las hermanas. *Margarita and Carlota are sisters who look and act alike. Describe Margarita by comparing her to Carlota. Repeat the correct answer after the speaker.*

Modelo bonito
Margarita es tan bonita como Carlota.

M6-12 Así es la vida. *Your friend is complaining about all the obligations she has. Tell her that you have as many obligations as she does. Repeat the correct answer after the speaker.*

Modelo exámenes
Yo tengo tantos exámenes como tú.

M6-13 Tanto como tú. *Your brother accuses you of not doing as many chores around the house as he* does. *Tell him that you do as much as he does. Repeat the correct answer after the speaker.*

Modelo preparar la cena
Yo preparo la cena tanto como tú.

M6-14 Un cliente difícil. *A salesman is helping you select items you need to purchase. As he points out various items, you tell him that you would like a different one. Repeat the correct answer after the speaker.*

Modelo ¿trapo?
No quiero este trapo. Prefiero ése.

SEGUNDA SITUACIÓN

Presentación

CD 5 Track 1

M6-15 Un desastre. *You are a journalism student working in Bogotá for the summer. Your job is to report details of important stories to your home newspaper. Listen to the following news broadcast and then answer the questions. If you need to listen again, replay the recording.*

1. ¿Cuál fue el desastre?

____

2. ¿Dónde ocurrió?

____

3. ¿Cuándo ocurrió?

____

4. ¿Cuántas personas murieron?

5. ¿Por qué se han arrestado a unas veinte personas?

6. ¿Qué hicieron los políticos?

7. ¿Qué ocurrió en las regiones costeras?

Para escuchar bien

Practice listening for the main ideas and supporting details in the following exercises.

CD 5 Track 2 **M6-16 Noticiero.** *You will hear three news reports. As you listen, write the main ideas and supporting details of each news item.*

1. **Main idea:**

   Supporting details:

2. **Main idea:**

   Supporting details:

3. **Main idea:**

   Supporting details:

Nombre ______________________ Fecha ______________

M6-17 Programas de televisión. *You will hear two conversations that take place on a Latin American TV show. As you listen, write the main ideas and supporting details.*

1. **Main idea:**

   ____

   Supporting details:

   ____

   ____

2. **Main idea:**

   ____

   Supporting details:

   ____

   ____

Así se dice

The Spanish /k/ sound is pronounced without the aspiration, or puff of air, that the English /k/ sound has at the beginning of a word. That is, it follows the same patterns as the Spanish /p/ and /t/ sounds. The /k/ sound is spelled **c** before **a, o,** or **u** as in **casa, cosa,** and **cura.** It is also spelled **c** at the end of a syllable in words such as **rector** and **tractor.** However, before **e** or **i** the /k/ sound is spelled **qu** as in **queso** and **quisieron.** Only words of foreign origin and words that refer to the metric system are spelled with a **k.** This is the case in words like **kilo** and **Alaska.**

Práctica

CD 5 Track 3

M6-18 *Listen to the following pairs of words and decide if the first word in each pair is a Spanish word or an English word. Circle the answer. Each pair of words will be repeated.*

1.	español	inglés	**4.**	español	inglés
2.	español	inglés	**5.**	español	inglés
3.	español	inglés	**6.**	español	inglés

M6-19 *Listen to the following Spanish words with the /k/ sound and repeat each after the speaker.*

1. casa	**5.** kilómetro	**9.** escoba	**13.** Caracas
2. que	**6.** curso	**10.** banco	**14.** Colombia
3. come	**7.** parque	**11.** histórico	**15.** Barranquilla
4. quiso	**8.** esquina	**12.** rector	

M6-20 *Listen and repeat each sentence of the following minidialogues after the speaker.*

1. —¿Quieres que compre alguna cosa?

   —Sólo queso y mantequilla, por favor.

2. —No pude comprar el periódico en el quiosco.

   —¿Por qué?

3. —Este cruce es muy peligroso.

   —Y aquél también.

Estructuras

CD 5 Track 4 **M6-21 Dudo que...** *Your friend suggests that you vote for his favorite candidate. However, you don't think it is a good idea. Express your doubts. Repeat the correct answer after the speaker.*

Modelo Dice la verdad siempre.
Dudo que diga la verdad siempre.

M6-22 Tengo que limpiar la casa. *Your friend is cleaning her house. Explain what she must do. Repeat the correct answer after the speaker.*

Modelo sacar la basura
Es importante que saques la basura.

M6-23 Los quehaceres. *Your little sister is helping you with the chores. Tell her you need the following items. Repeat the correct answer after the speaker.*

Modelo esponjas
Necesito las esponjas.

Nombre ______________________ Fecha ______________

Capítulo 7

De compras

PRIMERA SITUACIÓN

Presentación

CD 5 Track 5 **M7-1 En el Centro Comercial Mariposa.** *Listen to the following advertisement for a new shopping center. What kinds of stores are being described? Next to the name of the store, indicate what kind of store it is. If you need to listen again, replay the recording.*

1. Hermanos Gómez

____

2. Tienda Felicidades

____

3. Boutique Elegancia

____

4. Tienda Ortiz

____

M7-2 En la tienda. *Who is probably making the following statements? Check the most logical answer. Each statement will be repeated.*

	1	2	3	4	5	6	7	8
COMPRADOR								
DEPENDIENTE								

Para escuchar bien

In this chapter you have learned that when participating in a conversation either you or the person you are talking to might not say exactly what you mean. Consequently, you have to infer the real meaning of a question or an answer. Now practice making inferences from what you hear in the following exercises.

CD 5 Track 6 **M7-3 ¿Qué quiere decir?** *You will hear three short conversations between a salesperson and a customer. After you listen to each conversation, write what the customer meant by his or her reply. But before you listen to these conversations, write some of the phrases that the customer would use to make a purchase and the phrases that the salesperson would use to reply.*

___

___

___

Now listen to the conversations and write what each customer meant.

1. ___

2. ___

3. ___

M7-4 ¡Pero, mamá! *Now you are going to hear a series of comments made by a mother to her teenage daughter who is going out on a date. After you listen to each comment, write what the mother really meant by her comment. But before you listen, write some of the things you think the mother might say or ask.*

___

___

___

___

Now listen and write the meaning of each statement.

1. ___

2. ___

3. ___

4. ____

5. ____

6. ____

Así se dice

The Spanish /x/ sound is pronounced with friction. It is similar to the initial sound of the English words *house* and *home*, but the Spanish sound is harsher. In some Spanish dialects, it is similar to the sound made when breathing on a pair of glasses to clean them. It is spelled **j** before **a, o,** and **u** as in **jamón, joven,** and **juego; g** or **j** before **e** and **i** as in **gente, gitano, jefe,** and **jinete.** In some cases it can be spelled **x** as in **México** and **Xavier.**

Práctica

CD 5 Track 7 **M7-5** *Listen to the following Spanish words with the /x/ sound and repeat each after the speaker.*

1. jefe	**5.** jabón	**9.** cruje	**13.** mujer
2. José	**6.** juega	**10.** déjame	**14.** México
3. Javier	**7.** dibujo	**11.** traje	**15.** Texas
4. gente	**8.** queja	**12.** maneja	

M7-6 *Listen and repeat each sentence of the following minidialogues after the speaker.*

1. —Mujer, ¿has visto a Xavier?
   —Está en el jardín con José.
2. —No quiero jugar a las cartas.
   —Pero Josefa, no seas mala gente.
3. —Jorge, te dije que dejaras el jamón.
   —Mamá, pero tengo hambre. Déjame probarlo.

Estructuras

CD 5 Track 8 **M7-7 ¿Cuándo?** *Are these activities currently in progress or will they take place soon? Check* **PROGRESSIVE** *or* **PRESENT** *according to the verb you hear. Each sentence will be repeated.*

Modelo You hear: Lupe está bailando.
You check: **PROGRESSIVE**

	1	2	3	4	5	6	7	8
PROGRESSIVE								
PRESENT								

M7-8 Ahora mismo. *Explain what the following people are doing right now. Repeat the correct answer after the speaker.*

Modelo María / comprar un regalo
María está comprando un regalo.

M7-9 Anoche. *Explain what the following people were doing last night at eight o'clock. Repeat the correct answer after the speaker.*

Modelo nosotros / descansar
Nosotros estábamos descansando.

M7-10 La Boutique Elegancia. *Enrique Morales, a shopping consultant, has described many of the stores in the Centro Comercial Mariposa. What does he say about Boutique Elegancia? Repeat the correct answer after the speaker.*

Modelo mercancía / caro
Tiene la mercancía más cara del centro comercial.

SEGUNDA SITUACIÓN

Presentación

CD 5 Track 9 **M7-11 Las devoluciones.** *You are working as a salesclerk in the department store Hermanos Gómez. Each day you must make a list of the purchases returned and the reasons why they were returned. Listen to the following customers. Then list the items returned and the reasons for their return. If you need to listen again, replay the recording.*

1. ______________________________

2. ______________________________

3. ______________________________

4. ______________________________

Nombre ______________________________ Fecha ______________

5. ____

6. ____

Para escuchar bien

Practice making inferences and using visual cues in the following exercises.

CD 5 Track 10

M7-12 ¿En qué piensan? *Look at the drawings and try to imagine what the people are thinking. Then listen to the sentences. Write the letter of each sentence next to the number of the drawing it matches. Each sentence will be repeated.*

1. ______________

2. ______________

3. ______________

4. ______________

M7-13 Me parece... *Look at the drawings again and try to imagine a possible monologue or dialogue for each drawing. As you listen to the recording, write the letter of each monologue or dialogue next to the number of the drawing it matches. If you need to listen again, replay the recording.*

1. ______________ 2. ______________ 3. ______________ 4. ______________

Así se dice

The Spanish /s/ has many regional variations. In Spanish America, the /s/ sound is usually similar to the English /s/ of *sent* or *summer.* The /s/ sound is spelled differently depending on where it occurs in a word. For example, it is spelled **s** and **z** before vowels and at the end of a word as in **sopa, zapato,** and **paz; s** and **x** before /p/ and /t/ as in **espero, estudio, explorar,** and **extensión;** and **c** before /e/ and /i/ as in **dice** and **cinta.**

In contrast, in most parts of Spain the **c** before **e** and **i** and the **z** are pronounced like the /th/ sound in the English word *thing:* **pobreza, dice,** and **prejuicio.** In the following exercises, you will practice the Spanish American pronunciation of the /s/ sound.

Práctica

CD 5 Track 11 **M7-14** *Listen to the following Spanish words with the /s/ sound and repeat each after the speaker.*

1. señor
2. sembrar
3. soy
4. ese
5. prejuicio
6. así
7. vaso
8. regreso
9. dice
10. cerveza
11. basura
12. serie
13. necesita
14. pobreza
15. explotar

M7-15 *Listen and repeat each sentence of the following minidialogues after the speaker.*

1. —¿Qué dices, Josefa, conseguiremos trabajo?

   —Yo creo que sí, Sergio.
2. —El problema de la emigración es bastante serio.

   —Más serio es el problema de la inflación.
3. —¿Quiénes son esas personas?

   —No sé. No las conozco.

   —¿Serán extranjeros?

   —Seguramente sí.

Estructuras

CD 5 Track 12 **M7-16 Los regalos.** *Tell which gifts you are giving to the following people. Repeat the correct answer after the speaker.*

Modelo a Joaquín / una guitarra
Se la regalo a Joaquín.

M7-17 Las compras. *You and your friend are going shopping today. However, you are in a bad mood and contradict whatever your friend says. Repeat the correct answer after the speaker.*

Modelo Siempre estoy lista para ir de compras.
Nunca estoy lista para ir de compras.

Capítulo 8

En la ciudad

PRIMERA SITUACIÓN

Presentación

CD 6 Track 1 **M8-1 Un paseo.** *Look at the map below as you listen to Enrique. He will tell you about some places he visited in the city. When he pauses, write the name of the place he is identifying. If you need to listen again, replay the recording.*

1. ______________________ 3. ______________________

2. ______________________ 4. ______________________

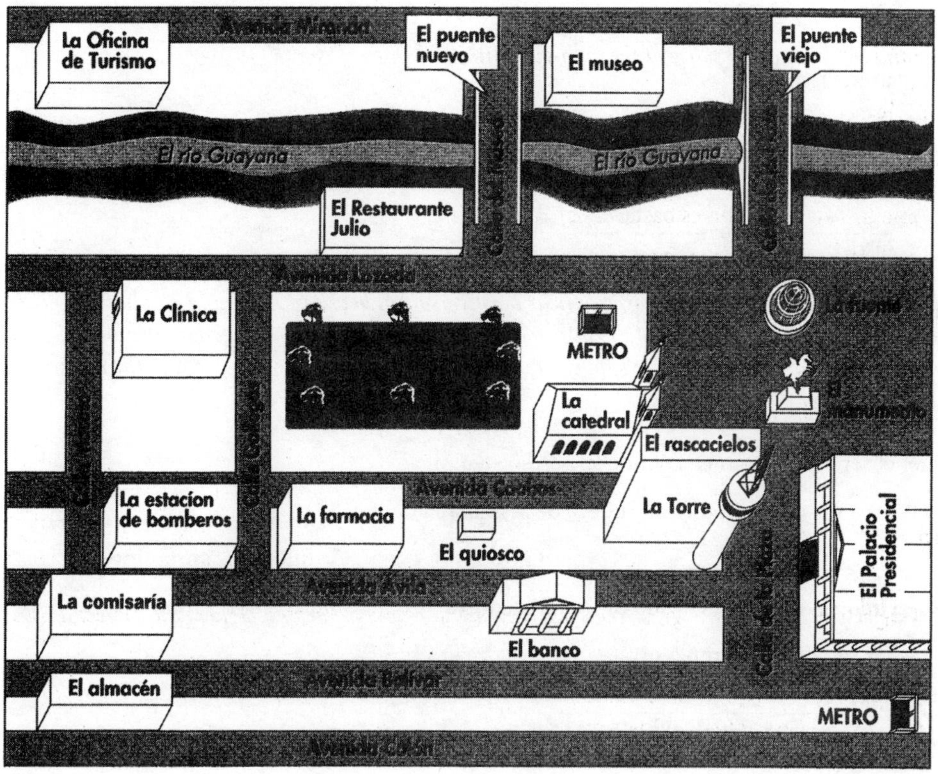

M8-2 ¿Dónde queda? *Look at the map again. Someone is asking you where the following places are located. Answer by naming the street or avenue. Repeat the correct answer after the speaker.*

Modelo ¿Dónde queda el Restaurante Julio?
El Restaurante Julio está en la Avenida Lozada.

Para escuchar bien

In this chapter you have learned to take notes on what you hear. Taking notes helps you to remember what was said and improves your writing skills in Spanish. Now practice taking notes in the following exercises.

CD 6 Track 2 **M8-3 ¿Cómo se va al parque?** *You will hear a short dialogue in which a young woman asks for directions to a park. But before you hear the dialogue, make a list of phrases that can be used to ask for and give directions.*

____

____

____

____

____

____

Now listen to the dialogue and write the missing words.

SEÑORITA: (1) ______________, señora, pero ¿ (2) ______________ cómo se va al Parque las Leyendas?

SEÑORA: Cómo no. Camine derecho (3) ______________ y luego doble (4) ______________. El parque está (5) ______________.

SEÑORITA: (6) ______________ gracias.

M8-4 Se perdió María. *You are going to hear a conversation between Zoila and a police officer. Zoila is reporting that her friend María got lost. A transcript of the information that Zoila provides is given on the following pages, but there is some information missing. You will have to supply that information. But before you listen to the conversation, read the transcript.*

POLICÍA: Bueno, señorita, dígame, ¿cuándo se perdió su amiga?

ZOILA: La última vez que la vi fue a las nueve de la mañana de hoy, (1) ______________. Íbamos al (2) ______________ pero nos dimos cuenta de que no se abría sino hasta las once del día. Decidimos ir a dar una vuelta por los alrededores y cuando me di cuenta, María había desaparecido.

POLICÍA: ¿Cuál es su nombre completo?

ZOILA: ¿El mío? (3) ______________.

POLICÍA: ¿Y el de su amiga?

ZOILA: (4) ______________.

POLICÍA: ¿Cómo es su amiga María?

ZOILA: Ella es alta y (5) ______________ . Mide (6) ______________ .
Es delgada y tiene el pelo (7) ______________ , bien corto. Tiene los ojos
(8) ______________ y un lunar en la (9) ______________ .

POLICÍA: ¿Y cuántos años tiene?

ZOILA: (10) ______________ años.

POLICÍA: ¿Y es soltera o casada?

ZOILA: (11) ______________ . Nosotras estamos de vacaciones. Vinimos a Lima
pero no sé cómo María desapareció. La busqué por todas partes pero no la encontré.

POLICÍA: ¿Y cómo llegaron Uds. al país?

ZOILA: Vinimos en avión de Bogotá. Apenas llegamos ayer.

POLICÍA: ¿En qué hotel están alojadas?

ZOILA: En el hotel «Las Américas». El teléfono de nuestra habitación es (12) ______________ .

POLICÍA: Mire, señorita, muchos turistas se separan de sus compañeros pero no se pierden. Estoy seguro de que su amiga debe estar buscándola a Ud. o esperándola en su hotel. De todas maneras nosotros vamos a empezar la búsqueda. En cuanto sepamos cualquier cosa le avisamos.

ZOILA: ¿Y qué hago yo ahora?

POLICÍA: Vaya a su hotel. Uno de nuestros oficiales la llevará. Si sabe algo de su amiga, por favor, háganos saber.

ZOILA: Por supuesto y muchas gracias.

Now complete the following form.

PARTE POLICIAL

Nombre de la persona desaparecida: ______________

Nombre de la persona que reporta la desaparición: ______________

Lugar de residencia de la persona que reporta la desaparición: ______________

Teléfono: ______________

Fecha cuando fue vista la persona la última vez: ______________

Descripción de la persona desaparecida:

Estatura: ______________ Color de ojos: ______________

Color de piel: ______________ Marcas o cicatrices: ______________

Color del cabello: ______________ Estado civil: ______________

Edad: ______________

Así se dice

The Spanish /l/ sound is pronounced similarly to the English /l/ sound in *Lee*. It is always spelled **l.**

Práctica

CD 6 Track 3 **M8-5** *Listen to the following pairs of words and decide if the first word in each pair is a Spanish word or an English word. Circle the answer in your lab manual. Each pair of words will be repeated.*

1. español inglés
2. español inglés
3. español inglés
4. español inglés
5. español inglés
6. español inglés

M8-6 *Listen to the following Spanish words with the /l/ sound and repeat each after the speaker.*

1. lo
2. ley
3. la
4. alma
5. plan
6. caldo
7. claro
8. plancha
9. papel
10. lavandería
11. papelería
12. al
13. mal
14. problema
15. Lima

M8-7 *Listen and repeat each sentence of the following minidialogues after the speaker.*

1. —Pásame la sal, Celia.
   —Está a tu lado.
2. —Leo, tienes que cortar el césped.
   —Pero si lo corté la semana pasada.
3. —¿Le diste de comer al perro?
   —No. Creí que lo había hecho Laura.

Estructuras

CD 6 Track 4 **M8-8 ¿Cómo se llega?** *Señora Santana has asked you for directions to the Oficina de Turismo. Give her directions according to the cues you hear. Repeat the correct answer after the speaker.*

Modelo bajar del metro en la Avenida Bolívar
Baje Ud. del metro en la Avenida Bolívar.

M8-9 Una excursión a la ciudad. *Your friends ask you what points of interest they should see while visiting your city. Give them some suggestions according to the cues you hear. Repeat the correct answer after the speaker.*

Modelo visitar el Ayuntamiento
Visiten Uds. el Ayuntamiento.

M8-10 Se pintan letreros. *You have volunteered to paint signs for your friends. Listen to the following situations and tell what your sign will say. Repeat the correct answer after the speaker.*

Modelo Alquilo mi apartamento.
Se alquila apartamento.

SEGUNDA SITUACIÓN

Presentación

CD 6 Track 5 **M8-11 ¿No crees que sería mejor si...?** *Where are the following people trying to persuade their friends to spend the afternoon? In the spaces provided, indicate whether the speaker would like to go to* **la corrida, el centro cultural,** *or* **el parque de atracciones.** *If you need to listen again, replay the recording.*

1. ______________________
2. ______________________
3. ______________________
4. ______________________
5. ______________________
6. ______________________
7. ______________________

Para escuchar bien

Practice taking dictation in the following exercises.

CD 6 Track 6 **M8-12 Aquí tienen...** *You will hear a museum guide informing some tourists about the different works of art they can see at the museum. But before you listen to the passage, make a list of the things you think he is going to mention.*

____

____

____

____

Now listen to the passage and write what he says in the pauses provided. If you need to listen again, replay the recording.

____

____

____

M8-13 Cuéntame. *You will hear a conversation between two friends who are sightseeing in Lima. But before you listen to their conversation, make a list of the places you think they visited.*

Now listen to their conversation and write the names of all the places you hear them mention.

Mujer 1

Nombre ______________________ Fecha ____________

Mujer 2

____

____

____

Así se dice

In most of the Spanish-speaking world the /y/ sound before **a, e, o,** and **u** at the beginning of a word or beginning of a syllable is similar to the English /y/ sound in *yes* and *yarn.* It is spelled **hi, y,** or **ll.**

Práctica

CD 6 Track 7 **M8-14** *Listen to the following Spanish words with the /y/ sound and repeat each after the speaker.*

1. llama
2. lleno
3. lluvia
4. millón
5. bella
6. sello
7. Castilla
8. rollo
9. talla
10. platillo
11. grillo
12. ella
13. llave
14. llano
15. silla

M8-15 *Listen to the following Spanish words with the /y/ sound and repeat each after the speaker.*

1. yema
2. Yolanda
3. yarda
4. yuca
5. yeso
6. hiena
7. raya
8. hiato
9. reyes
10. yelmo
11. leyes
12. yo-yo
13. hierba
14. hielo
15. yerno

M8-16 *Listen and repeat each sentence of the following minidialogues after the speaker.*

1. —¿Tienes la llave?
   —No, la tiene ella.
2. —Llama a Yolanda.
   —Ya la llamé.
3. —Quiero un poco de hielo.
   —Está allí.

Estructuras

CD 6 Track 8 **M8-17 ¿Cuándo?** *Are these people telling you about activities that are happening now or that will happen in the future? Listen carefully and check* **PRESENT** *or* **FUTURE** *according to the verb you hear. Each sentence will be repeated.*

Modelo You hear: Llamaré a los invitados.
You check: **FUTURE**

	1	2	3	4	5	6	7	8
PRESENT								
FUTURE								

M8-18 El viaje. *Tomorrow you are leaving on an important trip. Describe what you will do. Repeat the correct answer after the speaker.*

Modelo levantarse temprano
Me levantaré temprano.

M8-19 En el futuro. *What will the following people probably be doing in the future? Make a guess. Repeat the correct answer after the speaker.*

Modelo Tomás / ganar la lotería
Tomás ganará la lotería.

M8-20 En el parque de atracciones. *You are taking your nephew to an amusement park. He asks about some of the things he will see and do. Answer his questions by saying* Let's do what he would like to do there. *Repeat the correct answer after the speaker.*

Modelo ¿Vamos a visitar la casa de espejos?
Sí, visitemos la casa de espejos.

Nombre ______________________ Fecha ______________

Capítulo 9

En la agencia de empleos

PRIMERA SITUACIÓN

Presentación

CD 6 Track 9 **M9-1 Conseguir un empleo.** *Listen as an employment counselor gives you advice about finding a job. Then list the things you should do to be successful. If you need to listen again, replay the recording.*

1. ______________________
2. ______________________
3. ______________________
4. ______________________
5. ______________________
6. ______________________
7. ______________________

M9-2 Hablando de... *Listen to the following statements. Under what conditions would you hear each one? Check* **A** *if someone is expressing an idea,* **B** *if someone is changing the subject, or* **C** *if someone is interrupting. Each statement will be repeated.*

	1	2	3	4	5	6	7	8
A								
B								
C								

Para escuchar bien

In this chapter you have learned to summarize what you hear. To do this you have to recall factual information and categorize it logically in the proper format. Now practice summarizing what you hear in the following exercises.

CD 6 Track 10 **M9-3 Sus obligaciones.** *You will hear a short conversation between an employer and a prospective secretary. As you listen, fill in the following outline with the corresponding information. But before you listen, write a list of possible tasks the employer might mention.*

____

____

____

____

____

Now listen to the conversation and fill in the outline.

AGENCIA DE EMPLEOS

A. **Obligaciones de la secretaria**

1. ____
2. ____
3. ____
4. ____
5. ____

B. **Obligaciones de la señorita Méndez**

1. ____
2. ____

M9-4 ¿Qué harás tú? *You will hear a group of recent college graduates discuss the results of their job search. As you listen, fill in the following outline. But before you do this, write what you plan to do after you graduate.*

____

____

____

____

____

____

____

Nombre ______________________ Fecha ______________

Now listen and fill in the following outline.

Mujer 1

Periódico:

____

Departamento:

____

Responsabilidades:

____

Mujer 2

Periódico:

____

Departamento:

____

Responsabilidades:

____

Hombre 1

Situación presente:

____

Expectativas: ______________________

M9-5 Noticias del futuro. *You will hear a short lecture given by a futurologist, who is describing the workplace and working conditions in twenty years. As you listen, fill in the following outline with the information provided. But before you listen, make five predictions about what the workplace will be like in twenty years.*

1. ______________________
2. ______________________
3. ______________________
4. ______________________
5. ______________________

Now listen to the lecture and fill in the outline.

EFECTOS DE LOS AVANCES TECNOLÓGICOS

Mayor número de personas trabajarán en sus casas

Consecuencias positivas

1. En la ciudad
   a. ______________________________
   b. ______________________________
2. En la familia
   a. ______________________________
   b. ______________________________
3. En la tecnología y economía
   a. ______________________________

Consecuencia negativa

1. ______________________________

Así se dice

The Spanish /n/ sound is generally similar to the English /n/ sound in the word *not,* although it varies slightly according to the sound that follows it. For example, the tip of your tongue touches the back of your upper front teeth when /n/ precedes /t/, /d/, and /s/ as in **pinto, donde,** and **mensual.** When the /n/ precedes a vowel, /l/, /r/, /rr/, or when it occurs at the end of a word or sentence, the tip of your tongue touches the gum ridge as in **nada, ponla, honrado,** and **con.** When /n/ occurs in front of **ch** as in **concha** and **ancho,** the tip of your tongue touches the back part of your palate.

Práctica

CD 6 Track 11

M9-6 *Listen to the following Spanish words with the /n/ sound and repeat each after the speaker.*

1. no
2. nada
3. nadie
4. donde
5. mensual
6. pinto
7. nunca
8. ponla
9. honrado
10. con
11. concha
12. ancha
13. poncho
14. rancho
15. Enrique

M9-7 *Listen to the following sentences and mark how many times you hear the sound /n/. Each sentence will be repeated.*

1. __________ 2. __________ 3. __________ 4. __________

Nombre ______________________________ Fecha ______________

M9-8 *Listen and repeat each sentence of the following minidialogues after the speaker.*

1. —¿Ud. es la señorita Méndez?

   —Sí, señor.

2. —Estoy muy contenta con mi trabajo.

   —Cuánto me alegro.

3. —Pronto conseguirás una entrevista.

   —Ojalá, porque todavía no he oído nada.

Estructuras

CD 6 Track 12

M9-9 ¿Cuándo? *Are these people telling you about activities that will happen in the future or that would happen when certain conditions are present? Listen carefully and check* **FUTURE** *or* **CONDITIONAL** *according to the verb you hear. Each sentence will be repeated.*

Modelo You hear: Lo ayudaré.
You check: **FUTURE**

	1	2	3	4	5	6	7	8
FUTURE								
CONDITIONAL								

M9-10 La entrevista. *Explain what you would do if you were preparing for a job interview. Repeat the correct answer after the speaker.*

Modelo enterarme de las condiciones del trabajo
Me enteraría de las condiciones del trabajo.

M9-11 Un trabajo nuevo. *What would the following people do if they had to work in a new job? Repeat the correct answer after the speaker.*

Modelo José / hacer bien el trabajo
José haría bien el trabajo.

M9-12 Los clientes. *Explain to a co-worker how he should treat the clients who come into your office. Repeat the correct answer after the speaker.*

Modelo cortés
Trata a los clientes cortésmente.

M9-13 El aspirante. *You are being asked your opinion about an applicant for a job in your department. Answer the questions according to the cues you hear. Repeat the correct answer after the speaker.*

Modelo ¿Tiene conocimientos técnicos? (poco)
Tiene pocos conocimientos técnicos.

SEGUNDA SITUACIÓN

Presentación

CD 7 Track 1 **M9-14 ¡Grandes rebajas!** *The Papelería Comercial is having a sale on office furniture, machines, office supplies and computer ware. Listen to their radio ad and list the office supplies that are on sale. If you need to listen again, replay the recording.*

____

____

____

Para escuchar bien

Practice summarizing what you hear in the following exercises. Remember that a summary can be in the form of a chart, outline, or paragraph.

CD 7 Track 2 **M9-15 Nuestra empresa.** *You will hear a short presentation by a business manager who is explaining the corporate structure of the company to the new personnel. As you listen, complete the paragraphs with the information provided. But before you listen, make a list of the different departments you think a company might have and the functions each performs within the corporate structure.*

____

____

____

____

Now listen to the presentation and complete the following paragraphs.

1. El Presidente de la Compañía tiene tres asesores. Éstos son el asesor de asuntos ______________________, el asesor de asuntos de ______________________ y el asesor de ______________________.

2. El asesor de ______________ trabaja con el ______________ y con el jefe de ______________. El jefe de ventas se encarga de la ______________, ______________ y ______________ de nuestros productos. Él está a cargo de los diferentes ______________ regionales.

3. El asesor de ______________ trabaja directamente con el jefe de personal. El jefe de personal contrata al ______________ y éste contrata a cada una de las dos ______________ y a los dos ______________ de la empresa.

4. El asesor de ______________ está a cargo de la coordinación de todos los aspectos de la ______________ de nuestra empresa. Trabaja directamente con un ______________ y dos dibujantes.

M9-16 Tengo que hacer un pedido.

You will hear a short conversation between a secretary and the office manager. The secretary is placing an order for office equipment. As you listen, complete the following chart with the information provided. But before you listen, make a list of the items you think she might order.

____

____

____

____

Now listen and complete the chart.

PEDIDO

1. Para la oficina de la secretaria

   a. ______________ **c.** ______________

   b. ______________ **d.** ______________

2. Para la oficina del Supervisor de Ventas

   a. ______________ **c.** ______________

   b. ______________

3. Para la Oficina de Relaciones Públicas

   a. ______________ **c.** ______________

   b. ______________

Así se dice

The Spanish /ñ/ sound is pronounced similarly to the English sound /ny/ in *union* and *canyon*. It always occurs in word or syllable initial position and is spelled **ñ.**

Práctica

CD 7 Track 3 **M9-17** *Listen to the following Spanish words with the /ñ/ sound and repeat each after the speaker.*

1. ñato	**5.** español	**9.** niño	**13.** enseñar
2. mañana	**6.** señal	**10.** uña	**14.** daño
3. año	**7.** paño	**11.** caña	**15.** peña
4. cuñada	**8.** señor	**12.** baño	

M9-18 *Listen to the following sentences and mark how many times you hear the sound /ñ/. Each sentence will be repeated.*

1. ________ 2. ________ 3. ________ 4. ________

M9-19 *Listen and repeat each sentence of the following minidialogues after the speaker.*

1. —No me arañes con tus uñas.
   —Disculpa, Toño.
2. —Enséñame tu carro nuevo.
   —No es nuevo. Es del año pasado.
3. —Hola, cuñada. ¿Qué buscas?
   —Busco la caña de pescar de mi niño.

Estructuras

CD 7 Track 4 **M9-20 El trabajo ideal.** *You are looking for the perfect job. Describe this job according to the cues you hear. Repeat the correct answer after the speaker.*

Modelo ofrecer vacaciones largas
Quiero un trabajo que ofrezca vacaciones largas.

M9-21 Las compras. *The manager of the Purchasing Department is ordering supplies. You hope he accomplishes certain objectives. What do you say to your colleague? Repeat the correct answer after the speaker.*

Modelo comprar bastantes teléfonos celulares
Que compre bastantes teléfonos celulares.

M9-22 El aspirante ideal. *Listen as the speaker asks about the characteristics of the ideal job applicant. Answer the questions in the affirmative using the absolute superlative. Repeat the correct answer after the speaker.*

Modelo ¿Es bueno que sea maduro?
Sí, es buenísimo.

Nombre ______________________ Fecha ______________

Capítulo 10

En la empresa multinacional

PRIMERA SITUACIÓN

Presentación

CD 7 Track 5 **M10-1 En la agencia de empleos.** *You are working as a personnel consultant for an employment agency. You are listening to a client who has a wonderful product to sell and enough capital to start a small business. Listen to what he tells you and make a list of the people he needs to hire.*

____

____

____

M10-2 Por teléfono. *Who is probably making the following statements? Check* **A** *if it is the person calling and* **B** *if it is the person answering the call. Each statement will be repeated.*

	1	2	3	4	5	6	7	8
A								
B								

Para escuchar bien

In this chapter you have learned to report to others what you have heard. You do this by retelling the story of what happened or reporting what was said. Now practice reporting messages and orders in the following exercises.

CD 7 Track 6 **M10-3 Tomando apuntes.** *You will hear a series of messages left on the answering machine of Mr. Robles. As you listen, take notes using indirect commands so you can report the messages to him later.*

1. ______________________

____

2. ______________________

____

3. ____

____

4. ____

____

M10-4 El jefe. *You will hear a short conversation between two secretaries; one is reporting the manager's orders to the other one. As you listen, make a list of the orders given using indirect commands. But before you do this, write five orders you think the manager of an import-export firm might give to a secretary.*

1. ____
2. ____
3. ____
4. ____
5. ____

Now listen to the conversation and write the orders as you would report them.

1. ____
2. ____
3. ____
4. ____
5. ____

Así se dice

When the Spanish /r/ does not begin a word, it is pronounced by a single flap of the tip of the tongue on the ridge behind the upper front teeth. The Spanish /r/ sound is similar to the English sounds of /tt/ in *batter* or /dd/ in *ladder;* it is always spelled **r.**

Práctica

CD 7 Track 7

M10-5 *Listen to the following Spanish words with the /r/ sound and repeat each after the speaker.*

1. febrero	**5.** pero	**9.** mar	**13.** Caracas
2. cargar	**6.** cara	**10.** gordo	**14.** Perú
3. partir	**7.** Toronto	**11.** pronto	**15.** Uruguay
4. tarde	**8.** comer	**12.** ir	

Nombre ______________________ Fecha ______________

M10-6 *Listen to the following sentences and mark how many times you hear the sound /r/. Each sentence will be repeated.*

1. ________ 2. ________ 3. ________ 4. ________

M10-7 *Listen and repeat each sentence of the following minidialogues after the speaker.*

1. —Mira, Teresa, ¿te gusta esta pulsera de oro?

   —Me encanta. ¿Me la vas a regalar, hermano?

2. —¿Trabajas en el Banco Hipotecario?

   —Sí, ¿por qué? ¿Quieres pedir un préstamo?

3. —Señor Martínez, averigüe cuál es la tasa de interés para préstamos a corto plazo, por favor.

   —Es el diez por ciento.

Estructuras

CD 7 Track 8 **M10-8 ¿Cuándo?** *Are these people telling you about completed activities? Listen carefully and check* **PRESENT** *or* **PRESENT PERFECT** *according to the verb you hear. Each sentence will be repeated.*

Modelo You hear: José ha ejecutado todos los pedidos.
You check: **PRESENT PERFECT**

	1	2	3	4	5	6	7	8
PRESENT								
PRESENT PERFECT								

M10-9 ¿Has terminado...? *You are working as an account executive. Today you would like to leave the office before the end of the work day. However, your boss wants to know if you have finished certain tasks. Repeat the correct answer after the speaker.*

Modelo terminar el informe para mañana
Sí, he terminado el informe para mañana.

M10-10 ¿Cuándo? *Are these people telling you about activities that they hope are completed? Listen carefully and check* **PRESENT SUBJUNCTIVE** *or* **PRESENT PERFECT SUBJUNCTIVE** *according to the verb you hear. Each sentence will be repeated.*

Modelo You hear: Espero que la publicista haya creado los anuncios.
You check: **PRESENT PERFECT SUBJUNCTIVE**

	1	2	3	4	5	6	7	8
PRESENT SUBJUNCTIVE								
PRESENT PERFECT SUBJUNCTIVE								

M10-11 Un buen gerente. *Everyone in the office is happy that the manager has made all the arrangements for the project. Tell what they are glad that he has done. Repeat the correct answer after the speaker.*

Modelo hablar con el ejecutivo
Se alegran de que haya hablado con el ejecutivo.

M10-12 Los amigos. *Explain what you and your friends do. Repeat the correct answer after the speaker.*

Modelo Paco le escribe a Marilú. Marilú le escribe a Paco.
Paco y Marilú se escriben.

SEGUNDA SITUACIÓN

Presentación

CD 7 Track 9

M10-13 Un desastre fiscal. *Listen to the following news bulletin and then answer the questions. If you need to listen again, replay the recording.*

1. ¿Qué sube cada mes?

____

2. ¿Cómo es el presupuesto nacional?

____

3. ¿Cuál es el otro problema que le preocupa al gobierno?

____

4. ¿Qué quiere empezar la administración?

____

5. ¿En qué va a insistir el gobierno?

____

Nombre ______________________________ Fecha ______________

M10-14 Definiciones. *Listen to the following phrases and then write the word or expression being defined. Each phrase will be repeated.*

1. ______________________
2. ______________________
3. ______________________
4. ______________________
5. ______________________
6. ______________________
7. ______________________

Para escuchar bien

Using the strategies you have learned, practice reporting what you hear and retelling a story in the following exercises.

CD 7 Track 10 **M10-15 ¡Qué situación!** *Two friends are discussing their banking activities. Listen to their conversation and from the options presented, circle the four options that best retell the story you heard. But before you listen, read the options and write a list of six words or phrases related to banking that you would expect to hear in this conversation.*

______________________ ______________________

______________________ ______________________

______________________ ______________________

Now listen to the conversation and make your choices.

1. Elena está muy contenta porque va a comprarse una casa.
2. Elena había ido al Banco Hipotecario a pedir consejo financiero.
3. Elena y Jorge habían ahorrado por muchos años.
4. La tasa de interés no ha bajado.
5. Elena y Jorge no habían vivido en una casa alquilada por mucho tiempo.
6. Elena y Jorge no van a tener que hacer ningún cambio en sus vidas para poder pagar su nueva casa.
7. Elena y Jorge ya han reunido bastante dinero.
8. El esposo de Elena se acaba de comprar un carro nuevo; por eso van a tener problemas para pagar las cuotas mensuales.

M10-16 El banco. *You will hear an advertisement for El Banco Latino. As you listen, take notes on the important information. Then stop the recording and write a short paragraph summarizing the advertisement.*

Now listen and take notes.

____

____

____

Now write your summary.

Así se dice

The Spanish /rr/ sound is pronounced by flapping the tip of the tongue on the ridge behind the upper teeth in rapid succession. This sound is called trilling; it occurs between vowels, at the beginning of a word, and after /n/, /l/, or /s/. The trilled /rr/ is spelled **rr** between vowels as in **perro** and **carro.** In other positions, it is spelled **r** as in **ropa** and **honrado.**

Práctica

CD 7 Track 11

M10-17 *Listen to the following Spanish words with the /rr/ sound and repeat each after the speaker.*

1. carro
2. perro
3. barro
4. raro
5. roto
6. rubia
7. honrado
8. enredo
9. enrejado
10. alrededor
11. ropa
12. repaso
13. Israel
14. rasgar
15. rascar

M10-18 *Listen to the following sentences and mark how many times you hear the sound /rr/. Each sentence will be repeated.*

1. ______ 2. ______ 3. ______ 4. ______

M10-19 *Listen and repeat each sentence of the following minidialogues after the speaker.*

1. —¿Ya compraste el carro?
   —Sí, es rojo.
2. —Mi perro me rasgó la ropa.
   —¡Qué raro!
3. —Voy a Roma pronto.
   —¡Cómo me encantaría ir también!

Nombre ______________________________ Fecha ______________

Estructuras

CD 7 Track 12

M10-20 ¿Cuándo? *The following people are describing past activities. Some of these activities were completed before today; others were not. Listen carefully and check* **PRESENT PERFECT** *or* **PAST PERFECT** *according to the verb you hear. Each sentence will be repeated.*

Modelo You hear: Había pedido consejo financiero.
You check: **PAST PERFECT**

	1	2	3	4	5	6	7	8
PRESENT PERFECT								
PAST PERFECT								

M10-21 Antes de las tres. *What did you accomplish by three o'clock yesterday afternoon? Repeat the correct answer after the speaker.*

Modelo archivar los documentos
Había archivado los documentos.

M10-22 En el banco. *What did the following people do in the bank before it closed today? Repeat the correct answer after the speaker.*

Modelo Marta / cerrar su cuenta corriente
Marta había cerrado su cuenta corriente.

M10-23 ¿Cuánto tiempo hace? *How long has the Empresa Multinac been providing the following services? Repeat the correct answer after the speaker.*

Modelo 10 años / exportar productos
Hace 10 años que exporta productos.

M10-24 Llevo mucho tiempo... *Explain how long you have been assuming the following responsibilities. Repeat the correct answer after the speaker.*

Modelo 5 años / trabajar en esta empresa
Llevo 5 años trabajando en esta empresa.

M10-25 Las cuentas. *You are verifying account numbers for new clients. Listen as a co-worker reads the client's name and account number. Match the client with his or her account number. Each name and account number will be repeated.*

1.	__________ Juan Luis Domínguez	**a.** 7.747
2.	__________ María Herrera	**b.** 10.834
3.	__________ Pablo Ortiz	**c.** 1.683
4.	__________ Carlos Santana	**d.** 8.528
5.	__________ Jaime Velásquez	**e.** 3.951
6.	__________ Lucía López	**f.** 6.475
7.	__________ Isabel Ochoa	**g.** 9.362

Nombre ______________________________ Fecha ______________

Capítulo 11

De viaje

PRIMERA SITUACIÓN

Presentación

CD 8 Track 1 **M11-1 Una excursión.** *While listening to the radio program «El viajero feliz», you hear about an interesting excursion. You decide to organize a weekend trip for your friends. Listen carefully and make notes about the trip. If you need to listen again, replay the recording.*

¿Dónde?

____

¿Cuándo?

____

¿Cómo?

____

¿Por qué?

____

M11-2 A bordo. *Who is probably making the following statements? Check the most logical answer. Each statement will be repeated.*

	1	2	3	4	5	6	7	8
AZAFATA								
PASAJERO								

Para escuchar bien

In this chapter you have learned to answer questions about a conversation or passage and to give your personal interpretation of the situation. Now practice answering content-related questions and making personal interpretations in the following exercises.

CD 8 Track 2 **M11-3 ¿Qué hago?** *You will hear a short conversation between a customs official and a traveler at an airport. As you listen, identify the main problem and be ready to give your personal reaction to it. But before you listen, read the following questions.*

Now listen and write the answers to the questions.

1. ¿Qué problema se presentó en la aduana?

2. ¿Por qué se presentó este problema?

3. ¿Qué le parece la actitud del empleado? ¿Y la de la viajera?

4. En su opinión, ¿quién tenía razón? ¿Por qué?

5. ¿Qué haría Ud. en una situación semejante?

6. ¿Cómo cree Ud. que es el empleado físicamente? ¿Y cómo cree Ud. que es su personalidad?

7. Describa Ud. a la viajera física y sicológicamente.

M11-4 En el avión. *You will hear a conversation between a passenger and a flight attendant on a plane. As you listen, identify the main problem and be ready to give your personal reaction to it. But before you listen, read the following questions.*

Now listen to the conversation and write the answers to the questions.

1. ¿Qué problema surgió antes del despegue?

2. ¿Qué solución ofreció la aeromoza?

3. ¿Fue esta solución del agrado de la viajera? Explique.

____

____

4. ¿Cuál fue la actitud de la viajera? ¿Qué frases usó que le hacen pensar así?

____

____

5. ¿Y la aeromoza? ¿Cuál fue su actitud con la viajera?

____

6. Si Ud. fuera la viajera, ¿qué habría hecho?

____

7. Si Ud. fuera la aeromoza, ¿qué habría hecho?

____

8. Describa a la viajera física y sicológicamente.

____

____

Así se dice

Spanish words have two kinds of syllables: stressed and unstressed. In addition, Spanish words tend to have only one stressed syllable, for example, **Ni-ca-ra-gua** (unstressed-unstressed-stressed-unstressed), **li-te-ra-tu-ra** (unstressed-unstressed-unstressed-stressed-unstressed). English words, on the other hand, have three types of syllables: those with primary stress, secondary stress, or unstressed, for example *Nic-a-ra-gua* (secondary stress-unstressed-primary stress-unstressed), *lit-er-a-ture* (primary stress-unstressed-unstressed-secondary stress). When pronouncing a Spanish word for the first time, you need to learn to identify the stressed syllable so that you say the word correctly.

Práctica

CD 8 Track 3 **M11-5** *Listen to the following words and decide which syllable the stress falls on. Underline the stressed syllable. Each word will be repeated.*

1. bie-nes-tar
2. com-pa-ñe-ro
3. in-mi-gran-tes
4. vo-lun-ta-ria-men-te
5. de-ma-sia-do
6. i-dio-mas
7. a-dop-ti-va
8. tra-ba-ja-ran
9. as-cen-den-cia
10. be-ne-fi-ciar

M11-6 *Listen and repeat each of the following Spanish words after the speaker.*

1. jefatura
2. autonomía
3. bienestar
4. mayoría
5. ciudadano
6. hispano
7. celebración
8. ascendencia
9. legalmente
10. herencia
11. universidades
12. bilingüismo

M11-7 *Listen and repeat each sentence of the following minidialogues after the speaker.*

1. —¿Qué opinas tú del bilingüismo?

   —Me parece estupendo. Ojalá todo el mundo hablara más de un idioma.
2. —Nosotros queremos mucho nuestra patria adoptiva.

   —Claro, vinimos aquí voluntariamente.
3. —Mis compañeros trabajarán en la celebración de la independencia nacional.

   —¿La que habrá en el consulado?

Estructuras

CD 8 Track 4

M11-8 Sabía que... o Dudaba que... *You hear only the end of the following sentences. How does each sentence begin? Listen carefully to the verb and check* **SABÍA QUE** *if the verb you hear is in the indicative. Check* **DUDABA QUE** *if the verb you hear is in the subjunctive. Each phrase will be repeated.*

Modelo You hear: ... Paco hiciera una reservación.
You check: **DUDABA QUE**

	1	2	3	4	5	6	7	8
SABÍA QUE								
DUDABA QUE								

M11-9 Antes del viaje. *Explain what was necessary for you to do before your last trip. Repeat the correct answer after the speaker.*

Modelo hacer una reservación
Era necesario que hiciera una reservación.

M11-10 Los consejos. *What advice did you give the following people before they left on a tour of Chile and Argentina? Repeat the correct answer after the speaker.*

Modelo Isabel / escuchar el programa «El viajero feliz»
Le aconsejé a Isabel que escuchara el programa «El viajero feliz».

Nombre ______________________________ Fecha ______________

M11-11 Iría a Viña del Mar. *Tell under what conditions you would go to Viña del Mar. Repeat the correct answer after the speaker.*

Modelo tener más tiempo
Si tuviera más tiempo, iría a Viña del Mar.

SEGUNDA SITUACIÓN

Presentación

CD 8 Track 5

M11-12 En la recepción. *You are working as a desk clerk at the Hotel Miraflores. The phone has been ringing constantly. Listen carefully and make a list of the room numbers and the services requested by each guest. If you need to listen again, replay the recording.*

Habitación	Servicio

M11-13 En el hotel. *Who is probably making the following statements? Check* **A** *if it is the guest and* **B** *if it is the hotel desk clerk. Each statement will be repeated.*

	1	2	3	4	5	6	7	8
A								
B								

Para escuchar bien

In this chapter you have learned to answer questions about a conversation or passage and to give your personal interpretation of the situation. Now practice answering content-related questions and making personal interpretations in the following exercises.

CD 8 Track 6 **M11-14 ¡Qué barbaridad!** *You will hear a conversation between a couple. As you listen, identify the main problem and be ready to give your personal reaction to it. But before you listen, read the following questions.*

Now listen and write the answers to the questions.

1. ¿Qué problemas hay en la habitación?

   ____

2. ¿Cuál es la actitud de la mujer? ¿Y la del hombre?

   ____

3. ¿Qué ha pasado con el equipaje de los viajeros? ¿Qué consecuencias tiene esto?

   ____

4. ¿Comó cree Ud. que se va a resolver la situación?

   ____

5. Describa a los empleados del hotel. ¿Cómo cree Ud. que son?

   ____

Nombre ______________________________ Fecha ______________

M11-15 El Hotel Crillón. *You will hear a telephone conversation between a desk clerk and a prospective guest. Listen for the verb tenses. Are the speakers talking about future actions that will take place before other future actions, using the future perfect tense, or discussing contrary-to-fact situations or polite requests, using the imperfect subjunctive? As you listen for these verb tenses, write in column* **A** *the verbs you hear in the future perfect tense and in column* **B** *the verbs you hear in the imperfect subjunctive. But before you listen, mentally review the forms of the future perfect tense and imperfect subjunctive of the following verbs:* **hacer, cerrar, llegar, querer, venir, tener.** *Now listen and write the verbs in the appropriate columns.*

A: Future Perfect	B: Imperfect Subjunctive
______________	______________
______________	______________
______________	______________
______________	______________

Así se dice

Linking, or the running together of words, occurs in Spanish and English. However, the two languages differ in how they run their words together. English tends to run two consonants together as in *hot tea,* whereas Spanish runs a final consonant and a beginning vowel together as in **un árbol** or two vowels together as in **eso es.** Proper linking of words will make you sound more like a native speaker.

Práctica

CD 8 Track 7

M11-16 *Listen to the following Spanish sentences and mark how many words you hear in each sentence. Each sentence will be repeated.*

1. ________ 3. ________ 5. ________

2. ________ 4. ________ 6. ________

M11-17 *Listen to the sentences from* **Práctica M11-16** *again and write each one. Each sentence will be repeated.*

1. ______________________________

2. ______________________________

3. ______________________________

4. ______________________________

5. ______________________________

6. ______________________________

M11-18 *Listen and repeat each sentence of the following minidialogues after the speaker.*

1. —Mi estancia en ese hotel fue un desastre.

   —¿Por qué dices eso?

2. —Necesito otra almohada. Así no puedo dormir.

   —Ten la mía.

3. —Los empleados de este hotel son muy amables.

   —¿Verdad que sí? Yo estoy encantada.

Estructuras

CD 8 Track 8

M11-19 Hotel Colonial. *Explain why we would stay at the Hotel Colonial. Repeat the correct answer after the speaker.*

Modelo a menos que / el hotel no tener una habitación
Nos quedamos en el Hotel Colonial a menos que el hotel no tenga una habitación.

M11-20 ¿Cuándo? *Are the following people describing activities that have been completed or that will be completed by some future time? Listen carefully and check* **PRESENT PERFECT** *or* **FUTURE PERFECT** *according to the verb you hear. Each sentence will be repeated.*

Modelo You hear: Ha viajado a Chile.
You check: **PRESENT PERFECT**

	1	2	3	4	5	6	7	8
PRESENT PERFECT								
FUTURE PERFECT								

M11-21 Para las cinco. *Tell what you will have done by five o'clock this afternoon. Repeat the correct answer after the speaker.*

Modelo preparar la cena
Habré preparado la cena.

M11-22 Para el próximo año. *Tell what the following people will have done by next year. Repeat the correct answer after the speaker.*

Modelo José / aprender a hablar español
José habrá aprendido a hablar español.

Nombre ______________________ Fecha ______________

Capítulo 12

Los deportes

PRIMERA SITUACIÓN

Presentación

CD 9 Track 1 **M12-1 El partido de ayer.** *Listen to the following statements. Under what conditions would you hear each one? Check* **A** *if the speaker is asking for information about the game,* **B** *if the speaker is making a positive comment, and* **C** *if the speaker is making a negative comment. Each statement will be repeated.*

	1	2	3	4	5	6	7	8
A								
B								
C								

Para escuchar bien

In this chapter you have learned to identify the different levels of politeness used in a conversation. You know that these vary from the least polite to the most polite. Now practice identifying the different levels of speech or politeness in the following exercises.

CD 9 Track 2 **M12-2 ¡A jugar!** *You will hear a series of statements and requests. As you listen to each, write the number of the sentence in column* **A** *if you think it illustrates a polite style of speech; column* **B** *if it illustrates a friendly style; and column* **C** *if it illustrates a rude or abrupt style. But before you listen, mentally review the singular affirmative and negative formal and informal commands of the following verbs:* **ir, hacer, jugar, correr, ganar, entrenarse.** *Now listen to the different statements and write the number of the statement in the appropriate column.*

A: POLITE STYLE	B: FRIENDLY STYLE	C: RUDE/ABRUPT STYLE
______	______	______
______	______	______
______	______	______
______	______	______

M12-3 El partido de fútbol. *You will hear two short dialogues. As you listen to each, write your impression of the speaker's tone (formal, friendly, rude).*

1. **Hombre:** ______________________________

   Mujer: ______________________________

2. **Hombre:** ______________________________

   Mujer: ______________________________

M12-4 Tengo unas entradas. *You will hear a conversation between two men about some tickets for a soccer game. As you listen, write your impression of each speaker's tone (formal, friendly, rude) and the words or phrases that influenced your decision.*

Hombre 1: ______________________________

Expresiones:

____

____

____

Hombre 2: ______________________________

Expresiones:

____

____

____

Así se dice

Pitch refers to the level of force with which words are produced within a sentence; it is used for emphasis and contrast. For example, there is a difference between **La niña está *enferma*** (emphasis on the condition) and **La *niña* está**

enferma (emphasis on who is ill). In Spanish there are three levels of pitch. Based on these pitch levels, simple statements in Spanish follow the intonation pattern (1 2 1 1 ↓) and emphatic statements (1 2 3 1 ↓).

Práctica

CD 9 Track 3 **M12-5** *Listen to the following simple statements and repeat each after the speaker.*

1. José Emilio se rompió la pierna la semana pasada.
2. A Juan le faltan vitaminas. Siempre anda muy cansado.
3. Al pobre se le torció el tobillo mientras jugaba al fútbol.
4. Si me hubiera puesto una inyección a tiempo, ahorita no me sentiría tan mal.
5. Emilio está muy deprimido porque se rompió el brazo.

M12-6 *Listen to the following emphatic statements and repeat each after the speaker.*

1. Se rompió el brazo, no la rodilla.
2. Tuvo una contusión.
3. No tengo escalofríos; tengo náuseas y mareos.
4. Padecía de alergias.
5. Está muy mal.

M12-7 *Listen to the following statements and decide if each is* **SIMPLE** *or* **EMPHATIC.** *Circle the answer. Each statement will be repeated.*

1. Simple	Emphatic	4. Simple	Emphatic
2. Simple	Emphatic	5. Simple	Emphatic
3. Simple	Emphatic	6. Simple	Emphatic

Estructuras

CD 9 Track 4 **M12-8 ¿Cuándo?** *Listen to the following statements. Are these people telling you about activities they would do or that they would have done under certain conditions? Listen carefully and check* **CONDITIONAL** *or* **CONDITIONAL PERFECT** *according to the verb you hear. Each sentence will be repeated.*

Modelo You hear: Ganaríamos el partido.
You check: CONDITIONAL

	1	2	3	4	5	6	7	8
CONDITIONAL								
CONDITIONAL PERFECT								

M12-9 Con un poco más de talento. *Tell what you would have done if you had had a little more talent. Repeat the correct answer after the speaker.*

Modelo entrenarse más
Me habría entrenado más.

M12-10 ¡Qué mala suerte! *Explain what the following people would have done in order to win the championship. Repeat the correct answer after the speaker.*

Modelo el pueblo / construir un nuevo estadio
El pueblo habría construido un nuevo estadio.

M12-11 Dudo que... o Dudaba que... *You hear only the end of the following sentences. How does each one begin? Listen carefully to the verb and check* **DUDO QUE** *if the verb you hear is in the present perfect subjunctive. Check* **DUDABA QUE** *if the verb you hear is in the past perfect subjunctive. Each phrase will be repeated.*

Modelo You hear: ... el equipo hubiera practicado bastante.
You check: **DUDABA QUE**

	1	2	3	4	5	6	7	8
DUDO QUE								
DUDABA QUE								

M12-12 Era necesario. *What was it necessary for the following people to have done if they wanted to be successful playing a sport? Repeat the correct answer after the speaker.*

Modelo Isabel / hacer ejercicios
Era necesario que Isabel hubiera hecho ejercicios.

M12-13 Si hubiera tenido más cuidado... *Explain what would not have happened if you had been more careful. Repeat the correct answer after the speaker.*

Modelo fracturarse el brazo
Si hubiera tenido más cuidado, no me habría fracturado el brazo.

Nombre ______________________ Fecha ______________

SEGUNDA SITUACIÓN

Presentación

CD 9 Track 5 **M12-14 Me siento mal.** *Your friends are not feeling well. What do you suggest that they do? Listen to their complaints and check the most logical answer. If you need to listen again, replay the recording.*

	1	2	3	4	5
GUARDAR CAMA					
LLAMAR AL MÉDICO					
IR AL HOSPITAL					

M12-15 Que te vaya bien. *Listen to the following statements. Under what conditions would you hear each one? Check* **A** *if the speaker is expressing sympathy or* **B** *if the speaker is expressing good wishes. Each statement will be repeated.*

	1	2	3	4	5	6	7	8
A								
B								

Para escuchar bien

Practice identifying different levels of politeness in the following exercises.

CD 9 Track 6 **M12-16 En el consultorio.** *You will hear a conversation that takes place at the doctor's office. As you listen, write your impression of the style (formal, friendly, rude) of each speaker and identify the words or phrases used that influenced your decision. But before you listen, write three things that a patient might say to his or her doctor.*

1. ______________________
2. ______________________
3. ______________________

Now listen and write your impressions.

Médico:

____

Expresiones:

____

Joven:

Expresiones:

M12-17 ¡Qué enferma estoy! *You will hear a conversation between two friends; one of them is sick. As you listen, write your impression of the tone (formal, friendly, rude) of each speaker and identify the words or phrases used that influenced your classification. But before you listen, write three things a close friend would tell you to do if you were sick.*

1. ______
2. ______
3. ______

Now listen to the conversation and write your impressions.

Mujer 1:

Expresiones:

Nombre ______________________ **Fecha** ______________

Mujer 2:

____

Expresiones:

____

____

____

____

Así se dice

Spanish uses two intonation patterns for questions. The pattern for questions requesting a yes or no answer is similar to the English pattern for yes-no questions (1 2 2 2 ↑): **¿Te duele el estómago?** The pattern for questions requesting information is (1 2 3 1 ↓): **¿Cuándo vas a hablar con el médico?**

Práctica

CD 9 Track 7

M12-18 *Listen to the following yes-no questions in Spanish and repeat each after the speaker.*

1. ¿Te duele la cabeza?
2. ¿De verdad que te fracturaste la muñeca?
3. ¿Tienes la rodilla hinchada?
4. ¿Le dijiste al médico que se te perdieron las muletas?
5. ¿Crees que si llamara a tu madre te sentirías mejor?
6. ¿Me podrá él recetar un remedio?

M12-19 *Listen to the following Spanish information questions and repeat each after the speaker.*

1. ¿Qué te dijo el médico que hicieras?
2. ¿Cómo crees que te sentirías si tomaras dos aspirinas ahora mismo?
3. ¿Dónde me dijiste que se te cayeron los remedios?
4. ¿Cuándo te dio pulmonía?
5. ¿Cómo te lastimaste el hombro?
6. ¿Quién te recetó esos remedios?

M12-20 *Listen to the following questions and decide if they are information questions or yes-no questions. Write the answer. Each question will be repeated.*

1. ______________________________

2. ______________________________

3. ______________________________

4. ______________________________

5. ______________________________

6. ______________________________

Estructuras

CD 9 Track 8

M12-21 Se me olvidó. *Explain what accidentally happened to you. Repeat the correct answer after the speaker.*

Modelo perder las gafas
Se me perdieron las gafas.

M12-22 Se nos perdieron... *Explain what accidentally happened to the following people. Repeat the correct answer after the speaker.*

Modelo nosotros / acabar la aspirina
Se nos acabó la aspirina.

M12-23 En el consultorio. *Listen as the nurse tells Dr. Ochoa which patients he will see today. Repeat each sentence, replacing the beep with* **que** *or* **quien**. *Then repeat the correct answer after the speaker.*

Modelo Miguel Morales es el paciente *BEEP* sufre de pulmonía.
Miguel Morales es el paciente que sufre de pulmonía.

M12-24 En la clínica. *You work in the Trauma Center of the Clínica la Paz. Describe to a co-worker some of the patients you have helped today. Repeat each of the following sentences, replacing the beep with an appropriate form of* **cuyo.** *Then repeat the correct answer after the speaker.*

MODELO Marta Ferrer es la paciente *BEEP* brazo estaba enyesado.
Marta Ferrer es la paciente cuyo brazo estaba enyesado.